KB150797

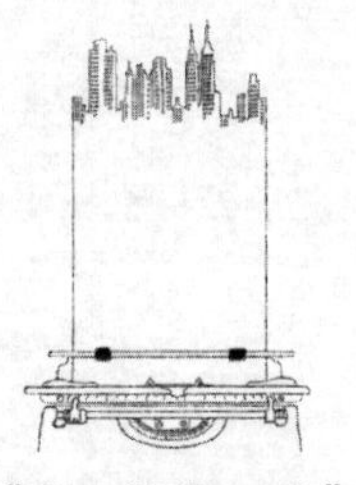

" The 60-Second "
Novelist

60초 소설가

초판1쇄 펴냄 2015년 05월 15일
초판2쇄 펴냄 2022년 04월 11일

지은이 댄 헐리
옮긴이 류시화
펴낸이 유재건
펴낸곳 엑스북스
주소 서울시 마포구 와우산로 180, 4층
대표전화 02-334-1412 | 팩스 02-334-1413
홈페이지 https://blog.naver.com/xplex
원고투고 및 문의 editor@greenbee.co.kr

주간 임유진 | **편집** 홍민기, 신효섭, 구세주, 송예진 | **디자인** 권희원, 이은솔
마케팅 유하나, 육소연 | **물류유통** 유재영, 한동훈 | **경영관리** 유수진

엑스북스(xbooks)는 (주)그린비출판사의 책읽기 · 글쓰기 전문 임프린트입니다.
이 책은 인터코저작권에이전시를 통한 저작권자와의 독점계약으로 엑스북스에서 출간되었습니다.
저작권법에 의해 한국 내에서 보호를 받는 저작물이므로 무단전재와 복제를 금합니다.
책값은 뒤표지에 있습니다. 잘못 만들어진 책은 구입처에서 바꿔 드립니다.
ISBN 979-11-953463-6-3 03800

學問思辨行: 배우고 묻고 생각하고 판단하고 행동하고

독자의 학문사변행을 돕는 든든한 가이드 _그린비 출판그룹

그린비 철학, 예술, 고전, 인문교양 브랜드
엑스북스 책읽기, 글쓰기에 대한 거의 모든 것
곰세마리 책으로 통하는 세대공감, 가족이 함께 읽는 책

60초 소설가

댄 헐리 지음
류시화 옮김

xbooks

THE 60-SECOND NOVELIST: WHAT 22,613 PEOPLE TAUGHT ME ABOUT LIFE
Copyright © 1999 Dan Hurley
published by arrangement with Health Communications, Inc.
Deerfield Beach, Florida, U.S.A.
All rights reserved
Korean Translation Copyright © 2015 xbooks
through Inter-Ko Literary & IP Agency

#

240초 만에 쓴 옮긴이의 글

소설가의 꿈을 가진 사람이 있었다. 어느 날 그는 낡은 타자기 한 대와 영화감독들이 쓰는 접는 의자를 들고 거리로 나갔다. 바람 부는 길모퉁이에 자리를 잡고 앉은 그는 지나가는 사람들에게 인생 이야기를 들려 달라고 부탁했다. 그리고 그 이야기로부터 영감을 얻어 즉석에서 한 편의 짧은 소설을 써내려 갔다. 그가 소설을 완성하는 데는 1분 정도가 걸렸다. 그래서 그의 소설은 '60초 소설'로 불리게 되었다.

우화처럼 들리는 이 이야기는 댄 헐리라는 유명한 미국 소설가의 실화이다. 그는 전 세계에서 단 한 사람밖에 없는 60

초 소설가이고 그가 16년 동안 길거리에서 완성한 소설은 22,613편에 이른다.

60초라는 매우 한정된 시간에 한 편의 소설을 완성하려면, 당연히 주인공의 삶에서 가장 중요한 의미를 가진 것만을 표현할 수밖에 없다. 그것이 댄 헐리의 『60초 소설가』가 갖는 특별한 매력이다. 그는 어떻게 행복을 발견할 것인가, 삶에서 도저히 바꿀 수 없는 것들은 어떻게 받아들일 것인가, 진정으로 살아 있다는 것은 무엇이며, 어떤 것이 자신에게 가장 소중한가를 정확히 지적한다. 뛰어난 재치와 기발한 상상력, 때로는 우화적인 기법 등을 동원해 삶의 본질, 보편적인 메시지를 훌륭하게 전달한다.

이러한 그에게 언론은 많은 찬사를 보냈다. 『피플』 지는 그를 "거리의 셰익스피어"라고 표현했으며, 또 다른 신문은 그를 가리켜 "길모퉁이의 마르셀 프루스트이며, 상점 앞의 프로이트"라고 말했다.

한편 워즈워드는 "시인은 거리에서 다른 사람들에게 말을 거는 사람"이라고 말한 적이 있다. 그리고 『초인생활』의 저자 베어드 스폴딩은 "현실이 소설보다 훨씬 더 놀랍다"고 고백했다. 이 책은 그 두 가지 표현이 가장 잘 어울리는 책이다.

댄 헐리가 자신의 삶에 최선을 다했다는 증거는 이 책의 곳곳에 드러나 있다. 소설가가 꿈이었기에 변호사 협회 기자로 일하면서도 쉼 없이 습작을 했고, 60초 소설가로 성공을 거둔 뒤에도 안주하지 않고 다양한 소설을 선보이고자 노력했다. 그리고 자신의 삶이 잘못된 길로 가고 있는 것이 아닌지 끊임없이 반성했다. 그는 자기가 쓴 소설만큼 진지하게 살았다.

소설가 댄 헐리는 이제 또다시 타자기 한 대와 접는 의자만을 들고 전 세계를 여행하며 60초 소설을 쓸 꿈을 갖고 있다. 그는 증명해 보이고 싶은 것이다. 모든 인간의 삶은 저마다 한 편의 놀랍고 감동적인 소설이라는 것을.

류시화

"CONTENTS"

#1.
22,613명의 사람들로부터 인생을 배우다

당신에게 들려줄 이야기가 있다. 1982년 나는 스물다섯 살이었고, 시카고에 있는 미국 변호사 협회에서 기자로 일하고 있었다. 하지만 내 유일한 소망은 소설가가 되는 일이었다. 나는 매일 아침 여섯 시에 일어나 소설을 썼다. 저녁에 친구들과 모여 대화를 나누다가도 벌떡 일어나 말하곤 했다. 방금 기가 막힌 소재가 떠올랐기 때문에 얼른 집에 가서 글을 써야겠다고.

그러던 10월 어느 날 아침, 출근길 버스 안에서 직장 동료와 함께 할로윈 축제 때 입을 옷을 고민하다가, 문득 재미있는 생각이 한 가지 떠올랐다.

"이러면 어떨까? 옛날 담배 파는 여자들처럼 타자기를 어깨에 짊어지고 군중 속을 돌아다니면서 '짧은 이야기, 시, 소설, 어느 것을 원하세요? 원하는 대로 써드립니다' 하고 말하는 거야."

직장동료가 웃으며 말했다.

"그래, 멋진 생각이야. 꼭 해봐, 댄!"

"물론 하고말고!"

대답은 그렇게 했지만 나는 그 일을 실행에 옮기지 않았다. 당연하지 않은가. 미치지 않고서야 그런 정신 나간 짓을 할 작가가 누가 있겠는가.

그러나 겨울이 지나고 이듬해 봄이 될 때까지도 그 생각이 내 머리를 떠나지 않았다. 일종의 행위예술처럼, 아니 행위문학처럼 거리 한 모퉁이에서 그런 일을 해보는 것도 좋을 것이라는 생각이 들었다. 무엇보다도 군중 속에서 사람들의 요구에 따라 글을 쓴다는 참신한 생각이 나를 사로잡았다. 엉뚱하고, 기발하고, 어떻게 보면 미친 짓이지만, 그래도 흥미있는 일이었다. 혼자 책상에 앉아 글을 짜내는 것보다 사람들에게 더 직접적인 감동을 줄 수 있으리라는 느낌이 들었다. 아니면 적어도 나중에 자식들에게 들려줄 재미있는 경험담 하나는 갖게 되리라.

어느 날 밤, 자리에 누워 잠을 청하던 나는 평소처럼 '한번

저질러 버려?' 하는 생각과 씨름하고 있었다. 마침내 나는 침대를 박차고 일어났다. 책상 앞으로 가서 스탠드 불을 켜고, 변호사들이 쓰는 노란색 노트를 꺼냈다. 그러고는 그 엉뚱한 생각을 실행에 옮길 방법을 연구하기 시작했다.

가장 큰 문제는 타자기의 무게였다. 당시 나는 1953년형 로얄 타자기를 쓰고 있었다. 크고 둔탁한 그 회색 타자기를 들어 올리는 순간, 어깨에 메고 걷기에는 너무 무겁다는 사실을 깨달았다. 그때 주방 벽장에 처박아 둔 영화감독들이 쓰는 접는 의자가 떠올랐다. 그 의자에 앉아 무릎에 타자기를 올려놓으면 문제가 해결될 것 같았다.

벽장에서 의자를 꺼내 먼지를 털어낸 다음, 나는 그곳에 앉아 무릎에 타자기를 올려놓았다. 꽤 묵직하긴 했지만 무릎 크기에 딱 맞았다. 불안정하거나 별로 흔들리지도 않았다. 진짜로 한번 해볼 만했다.

그런데 뭐라고 간판을 달지? 그때 『1분 경영』이라는 베스트셀러의 제목이 떠올랐다. 거기에서 힌트를 얻은 나는 지나가는 행인들이 볼 수 있도록 타자기 뒤에 붙일 작은 간판을 썼다.

60초 소설,

즉석에서 써드립니다

그 주 목요일 저녁, 나는 매달 열리는 작가 모임에 참석해 그곳에 모인 동료 작가들을 대상으로 실험을 했다. 각자에게 몇 마디 질문을 던진 뒤, 그 대답에서 영감을 받아 즉석에서 스무 줄 정도의 글을 타자기로 쳤다.

"자, 어떻습니까, 여러분?"

나는 쓰다듬어 주기를 바라는 개처럼 참석자들을 돌아보며 물었다.

친한 작가 하나가 말했다.

"글쎄, 댄. 조금 이상한 것 같아."

하지만 나는 신경 쓰지 않았다. 그것은 단지 방식의 생소함에서 오는 문제일 뿐이었다. 내가 정말 두려워한 것은 거리에서 경찰에게 체포당하거나, 사람들로부터 조롱을 당하고, 아니면 완전히 무시당하는 일이었다. 심지어 어떤 남자가 타자기를 집어들어 나한테 내던지는 무서운 상상도 들었다. 한편으론 그런 두려움들 때문에 오히려 더 도전해 보고 싶은 생각이 들었다.

나는 미지의 낯선 세계를 향해 길을 떠나려 하고 있었다. 무슨 일이 일어날지 알려 주는 자세한 지도를 갖고 있다면, 일부러 고생하면서 여행을 떠나지도 않았을 것이다.

1983년 4월 24일, 일요일 오후 2시, 나는 영화감독들이 쓰는 천으로 된 접는 의자와 13킬로그램이나 나가는 1953년형 로얄 타자기를 챙겨들고 시카고 미시간 애비뉴의 세찬 바람

속으로 걸어 나갔다. 그러고는 큰 건물 앞 인도에 자리를 잡았다.

나는 조끼까지 딸린 회색 플란넬 정장에 세로줄 쳐진 흰색 옥스퍼드 셔츠를 입고 있었다. 거기에다 청색과 황금색이 어우러진 넥타이를 매고, 코끝이 올라간 반짝이는 검은 구두를 신었다. 이렇게 변호사 협회에서 일할 때나 입는 정장 차림을 한 데는 이유가 있다. 행인들이 타자기를 무릎에 얹고 길거리에 앉아 있는 나를 정신 나간 사람이나 구걸하는 거지로 오해하지 않게 하기 위해서였다.

나는 사람들이 모일 것을 예상해 근처에서 가장 널찍한 인도에 자리를 잡았다. 그리고 의자를 펴고 앉아 무릎에 타자기를 올려놓았다. 그런 다음 지나가는 사람들이 볼 수 있도록 타자기 뒤에 〈60초 소설〉이라는 간판을 테이프로 붙였다.

처음에는 마치 알몸을 하고 거리에 나앉은 것처럼 기분이 정말 이상했다.

나는 억지로 용기를 내어 지나가는 중년 남자에게 물었다.

“선생님, 60초 소설 하나 써드릴까요?”

그가 대답했다.

“오늘은 안 되겠소.”

그러자 나는 엉겁결에 말했다.

“그렇다면 내일 5시 50분은 어떨까요?”

그 사람은 미소를 지었지만 그대로 가버렸다. 그 순간 나는 또 다른 기분에 사로잡혔다. 자유로우면서도 마치 버림받은 것 같은 느낌이었다. 내가 지금 무엇을 하고 있는 건지도 알 수 없었다. 하지만 한편으로는 내 자신이 살아 있음을 이토록 강렬하게 느낀 적도 없었다.

마땅히 다른 할 일이 없었기 때문에 나는 종이 한 장을 타자기에 끼우고, 세계 최초로 60초 소설을 치기 시작했다. 똑같은 원고를 하나 더 남기기 위해 종이 뒤에는 먹지를 댔다. 다음 글이 오자까지도 선명한 그 글이다.

어느 날 소설가 댄 헐리에게 멋진 생각이 한 가지 떠올랐다. 타자기를 들고 거리로 나가 글을 쓰면 무슨 일이 일어날까. 그래서 그는 바람 부는 봄날 오후에 타자기 하나를 들고 미시간 애비뉴로 걸어 나갔다. 사람들이 지나가면서 그를 보고 웃었다. 그는 마치 이방인이 된 듯한 기분이 들었다. 누구라도 당연히 그렇지 않겠는가?

이 글을 갖고 무엇을 해야 할지 알 수 없었다. 나는 지나가는 젊은 남자에게 물었다.

"실례합니다만, 제가 방금 쓴 60초 소설인데 한번 읽어 보시겠어요?"

아무 대답이 없었다. 몇 사람 더 시도했지만 그들 역시 내 말을 무시하고 지나갔다. 마침내 나는 타자기를 의자에 내려

놓고, 버스를 기다리고 있는 정장 차림의 중년 부인에게로 다가갔다.

"부인, 제가 방금 쓴 글인데 어떻습니까?"

그녀는 마지못해 대답했다.

"괜찮군요."

마치 내가 스트립쇼를 하는 술집의 광고 전단이라도 돌리는 듯한 대꾸였다.

다시 제자리로 돌아와 앉은 나는 찬바람에 떨면서, 지나가는 사람들에게 일일이 60초 소설을 써주겠다고 말했다. 이런 나의 행동은 일종의 심리 테스트와 닮아 있었다. 다시 말해 나는 일종의 인간 로르샤흐 테스트 용지였다. 아무도 내가 거기서 무엇을 하고 있는지 알지 못했고, 나 또한 내가 뭘 하는지 몰랐기 때문에, 사람들은 나의 이런 행동에 어떤 의미가 있는지 각자의 성격에 따라 해석을 내려야만 했다.

어떤 사람은 냉소를 보이며 이렇게 말했다.

"교묘한 속임수군."

마치 내가 돈 벌 궁리를 하다가 마침내 이런 일을 꾸민 게 틀림없다는 말투였다. 또 다른 사람은 동정 어린 눈빛으로 나를 보며 말했다.

"굶주린 시인이야!"

어느 나이 든 여자는 지금 중고 타자기를 팔고 있는 거냐고 물었다. 그 다음에는 부부가 내 앞을 지나갔는데, 여자가 남자에게 이렇게 묻는 소리가 들렸다.

"저 사람 지금 뭐하는 거예요?"

남자가 대답했다.

"일자리를 구하려는 거야."

사람들이 나를 관찰하는 것을 지켜보면서, 나는 그들이 '작가'와 '길거리'를 어떻게 연결할까를 생각하며 재빨리 머리를 굴린다는 것을 알 수 있었다.

그렇게 30분 동안 나는 지나가는 사람들 모두에게 무시당하고, 오해를 받고, 비웃음을 사면서 앉아 있었다. 그때 어느 나이든 남녀 한 쌍이 다가와 내 앞에서 걸음을 멈췄다. 그들은 나를 가리키며 큰 소리로 웃었다. 멍청한 또 한 쌍이 나타났다고 마음속으로 생각하고 있는데, 여자가 나에게 말을 걸었다.

"무얼 하는 건지 모르겠지만, 아무튼 하나 써주세요."

남자가 흥미로운 미소를 지으며 덧붙였다.

"정말 신기한 일임에 틀림없군."

나는 앉은 채로 그들을 쳐다보았다. 그들의 눈은 호기심으로 빛나고 있었고, 얼굴에는 미소가 가득했다. 정말로 흥미있어 하는 눈치였다. 나는 그들의 이름만 물어본 뒤 한 편의 글을 쓰기 시작했다.

: 정말 신기한 일

어느 구름 낀 오후의 일이었다. 조지와 미치는 미시간 애비뉴를 거닐다가 갑자기 살아 있음을 느꼈다! 그것은 전혀 예기치 못한 일이었다. 미치는 자신이 숨을 쉬고 있고, 심장이 뛰고 있으며, 지금 미시간 애비뉴를 걷고 있다는 사실을 처음으로 느꼈다. 그리고 지금까지 이 세상이 돌아가는 동안, 그 영원한 세월 내내, 자신이 죽어 있었음을 갑자기 깨달았다. 지금 이 순간, 그녀는 자신이 진정으로 살아 있음을 느낀 것이다.

조지는 이것이 자신의 인생, 자신의 하나밖에 없는 유일한 삶이라는 것을 깨닫고 가슴이 벅찼다. 그는 피부에서 땀이 솟는 것을 느낄 수 있었다. 귀로 자신의 숨소리를 들을 수 있었다. 실제로 사물들을 볼 수 있었다. 소리들을 실제로 들을 수 있었다. 그렇다. 살아 있다는 것은 무엇보다 신비한 일이었다. 왜냐하면 너무 많은 사람들이 죽어 있기 때문이다. 너무도 많은 사람들이. 그들은 과거 속에서 산다. 내일을 너무 심각하게 생각한다. 그리고 타인에 대한 분노를 가슴에 품고 살아간다. 그들은 매순간 어딘가로 달아나려고 애쓴다. 자기 자신을 잊어버린다. 또한 자신이 살아 있다는 정말 중요한 사실을 잊고 있다.

그것을 잊을 때 당신은 죽은 사람이다. 그러므로 갑자기 살아 있음을 느낀다는 것은 이 세상에서 가장 신기하고, 낯설고, 이상한 일이다. 진정으로 산다는 것. 진정으로 살아 있다는 것. 백퍼센트 살아 있다는 것. 삶을 위하여! 살아 있는 사람들을 위하여!

조지와 미치, 그들은 정말 신기한 사람들이다.

타자를 치면서 사람들의 발길이 차츰 내게로 몰려드는 것을 느낄 수 있었다. 등 뒤에서 소곤대는 거리, 낄낄거리는 소리가 들렸다. 어떤 사람은 너무 가까이 다가와 내 팔꿈치를 건드리기까지 했으며, 유모차에 탄 아이가 나를 만지작거리다 갔다. 마침내 타자기에서 종이를 빼내며 얼굴을 쳐들자, 스물다섯 명 정도의 사람들이 나를 빙 둘러싸고 있었다. 그들이 인도를 가로막고 있기 때문에 다른 사람들은 그들을 피해 차도로 걸어가고 있었다.

"한번 읽어 봐요."

몇 사람이 소리쳤다. 나는 방금 쓴 글을 소리 내어 읽었다. 내가 글을 다 읽자 사람들이 일제히 박수를 보냈다.

조지가 물었다.

"돈은 어디다 놓을까요?"

나는 놀라서 되물었다.

"돈이라구요?"

그때 군중 속에 있던 서른쯤 되어 보이는 남자가 물었다.

"다음 차례는 누구죠? 여기 줄이 있는 거예요?"

그 순간, 내 인생은 완전히 방향을 바꾸었다. 지금 이 순간도 그들이 나를 에워싸고 있는 것처럼 그들의 모습과 소리가 생생하게 기억난다. 처음으로 나의 '유레카'를 경험한 것이다. 내가 무엇을 발견했는지, 또는 무엇이 나를 발견했는지는 알 수 없었지만, 일이 잘 되어 가고 있음을 느낄 수 있었다. 나는 또 한 편의 글을 써주었다. 그리고 또 한 편.

나를 둘러싼 사람들은 나에게 겁을 주거나 글을 못 쓰도록 방해하지 않았다. 오히려 내가 미친 듯이 창조성을 발휘하도록 자극을 주었다. 앞에서 기다리고 있는 그들은 내 글의 긴박한 원고 마감 시간이 되어 주었다. 단어들이 머릿속에서 튀어나와 한 순간의 머뭇거림도 없이 곧바로 손가락으로 달려갔다. 시간은 사라졌다. 세상은 온통 단어들로 바뀌었다.

어느 새 일곱 편의 이야기를 쓰고 나니, 추위 때문에 손가락이 뻣뻣했다. 사람들이 썰물처럼 자리를 빠져나가고, 나도 자리를 뜨기 위해 짐을 챙겼다. 타자기를 차에 집어넣기 전에 한 시간 동안 번 돈을 세어 보았다. 자그마치 14달러 75센트였다. 정말 유레카, 위대한 발견이었다!

내 생활은 클라크 켄트와 슈퍼맨의 생활로 나뉘어졌다. 낮에는 미국 변호사 협회에서 정상적인 기자로 일하고, 밤이면 문학을 위해 거리에서 쉼 없이 타자기를 두드리는 '60초 소설가'가 된 것이다. 처음에 나는 사설 박물관이 하는 식으로 돈을 받았다. 원하는 만큼 돈을 내되 적더라도 반드시 내야 한다는 것이다. 대부분의 사람들이 1, 2달러를 냈지만, 이따금 5달러나 10달러를 내는 사람도 있었다. 어떤 사람은 25달러와 베일리 아이리쉬 크림을 한 병 주었다.

또 어떤 사람은 10달러와 콘돔 한 개를 내밀었다. 물론 사용하지 않은 것으로. 내가 가격을 2달러로 못 박자, 갑자기 더 많은 사람들이 내 글을 원했다.

그 일을 시작하고 첫 번째 여름을 맞이하면서, 나는 내 자신이 '재주 부리는 얼간이'로 변해 가는 것만 같아 두려웠다.

댄 헐리-이야기를 만드는 인간 기계. 그에게 단어를 집어넣으면, 이야기를 쏟아낸다!

나는 또 얼마 안 가 이 일이 지겨워지지 않을까 걱정이 되었다. 하지만 16년 동안 22,613편의 소설을 쓴 지금도 나는 여전히 손님을 기다리고 있다.

내가 무슨 글을 쓰든지 사람들은 웃음을 터트리고, 때로는 울고, 수없이 고맙다는 말을 했다. 많은 사람들이 내가 쓴 이야기가 바로 자신들의 이야기라고 말했다. 미국 전역에서 카드와 편지가 날아왔다. 매일 밤 적어도 한 여자의 키스를 받을 수 있었고, 적지 않은 여성들이 자신의 전화번호를 알려주었다.

그 일을 계속할수록, 더 많은 사람들이 내게 마음을 열고 자신들의 인생 이야기와 문제를 털어놓았다. 그리고 내가 내 자신을 대하는 것보다 더 진지하게 나를 대했다. 그것은 아마도 내가 순진한 '풋내기 기자' 같아 보였기 때문일 것이다. 아니면 그들이 하는 말에 내가 진심으로 귀를 기울였기 때문인지도 모른다. 또는 사람들이 아무에게나 속마음을 털어놓고 싶어 안달이 나 있을 때, 그들이 발견한 첫 번째 말상대가 타자기를 갖고 길거리에 앉아 있는 나였는지도 모른다.

하지만 분명한 것은, 그들 모두가 정신과 의사나 목사, 가족, 친구에게서 얻지 못하는 무엇인가를 나에게서 원하고 있었다. 그들은 나를 신뢰했고, 나는 그들에게 이야기를 써주었다. 그 이야기는 허구적인 픽션도 사실적인 논픽션도 아니었다. 그것은 소설, 우화, 독서요법, 소크라테스의 대화법, 신문의 인생 상담 칼럼 등을 모두 섞어놓은 지금까지는 없던 새로운 형식의 글이었다. 언젠가 에드워드 포스터는 '오직 접촉하라'고 말했는데, 내가 한 일이 바로 그것이었다.

그러나 아직 타자기로 한 단어도 치지 않았을 때에도 나는 여전히 사람들에게 무엇인가를 주고 있었다. 나는 그들이 하는 말에 눈과 귀를 모아 온 존재로 집중했던 것이다. 이 세상 사람들이 원하는 가장 소중한 일이 바로 그것이다. 누군가 자기의 말에 진심으로 귀를 기울여 주는 것.

나는 사람들의 이야기를 끌어내기 위해 몇 가지 질문을 던졌다. 꼬치꼬치 캐묻기도 하고, 사적인 것을 묻기도 했으며, 전혀 예상치 못한 질문을 던지기도 했다.

"왜 내가 당신에게 그런 얘기를 해야 합니까?"

이렇게 말하며 반발하는 사람도 있었다. 그들은 무의식적으로 사람을 경계하고 의심하는 성격을 드러내고 있었다. 어떤 사람이 말한 모든 이야기, 또는 말하지 않고 감춘 모든 이야기들이 정확히 그 사람의 삶을 드러내 주었다. 그 사람과 관련된 모든 것이 곧 그 사람 자신이라는 사실을 나는 깨달았다. 그가 신고 있는 신발, 사귀는 친구, 사용하는 말투 등이 곧 그 사람을 표현하고 있었다. 부분이 전체를 말해 주고 있었다. 어떤 실마리라도 따라가다 보면 반드시 핵심에 이를 수 있는 것이다.

사람들이 무엇을 고백하더라도 나는 판단이나 의견을 덧붙이지 않고 그냥 그 사람의 말에 귀를 기울였다. 직장 상사와 불륜의 사랑에 빠진 한 결혼한 여비서의 말에도 귀를 기울였다. 그녀는 상대방에게 자신의 마음이 담긴 편지를 전해주고 싶어 했다. 자신이 정말로 엘비스 프레슬리라고 생각하는 정신 나간 친구의 말에도 나는 편견 없이 귀를 기울였다.

회색 양복 차림의 사업가가 이혼을 앞두고 울면서 신세를 한탄하는 말에도 귀를 기울였다. 아이들, 마약 중독자, 노숙자, 유명인, 정신병 환자, 우주 비행사, 시장, 영화배우, 백만장자, 그리고 한번은 어떤 살인자의 고백도 들을 수 있었다.

그들이 엉망진창 뒤죽박죽된 자기 인생의 진실을 이야기할 때, 나는 그 모든 이야기에 진심으로 귀를 기울였다.

8월의 어느 초저녁, 한 젊은 청년이 내게 다가오더니 자신의 이름이 알버트라고 말하고는 내가 질문할 틈도 주지 않고 이야기를 쏟아내기 시작했다. 그의 눈에는 타자기를 갖고 길거리에 앉아 있는 이 사람이 세상에서 가장 자연스런 존재로 보이는 듯했다. 직장을 잃었으며, 여자 친구가 임신을 했고, 살 아파트를 구하고 있다는 그의 이야기에 나는 말없이 귀를 기울였다.

"나는 많은 변화를 겪고 있어요."

20분간 쉴 새 없이 이야기를 한 뒤에 그가 말했다.

"내 삶이 크게 흔들리고 있어요. 지금 하느님께 기도할 거예요. 정말로 하느님께 기도할 생각입니다."

마침내 내가 공짜로 써준 글을 갖고서 그는 정처 없이 길을 떠났다. 나는 그 자리에 앉아 지나가는 사람들을 바라보고 있었다. 그때 서서히 어떤 생각 하나가 떠올랐다. 1분에 약 60명의 사람들이 내 앞을 지나가므로 1초에 약 한 명꼴이 되는 셈이다. 나는 사람들 수를 일일이 세어 보았다. 어떤 사람은 생각에 잠겨 터벅터벅 걸어갔다. 그런 사람들은 바닥만 보고 걷느라 나를 쳐다보지도 않았다. 또 어떤 사람은 이브닝 드레스와 턱시도를 입고 웃음을 터뜨리며 여봐란 듯이 걸어갔다. 그들은 인생의 즐거운 한때를 보내고 있었다.

그런 사람들의 모습을 보면서 나는 갑자기 깨달았다. 이 모든 사람들, 그들이 누구든지 간에 1분에 60명, 1시간에 3,600명, 하루 저녁에 보통 3만 명에 이르는 모든 사람이 복잡하고 이해할 수 없는 삶을 살아가고 있는 것이다. 수백만 수천만의 사람들이 그렇게 살아가고 있었다. 그리고 나는 그곳에서 그들의 이야기에 귀를 기울이고 그것을 글로 옮겼다. 돈 많고 유명한 사람들이 아니라 평범한 보통 인간들을 위해서. 그리고 수백만이 접하는 대중 매체가 아니라 한 번에 단지 한 사람만을 위한 소수 매체를 위해서. 그것은 작가와 독자의 직접적인 대화이고, 출판사의 간섭 없이 그 자리서 곧바로 이루어지는 새로운 의사소통이었다.

그 이후로 나는 60초 소설을 쓰는 데 내 인생을 바쳤다. 시카고에서 뉴욕, 서쪽으로는 하와이, 북쪽으로는 캐나다, 남쪽으로는 플로리다에 이르기까지 나는 길거리에서 또는 인터넷 통신으로 글을 썼다. 백화점이나 신상품 전시회, 술집이나 성인식 파티에서도 글을 썼다. 지금까지 내가 60초 소설을 써준 22,613명이 모두 모인다면 아마 메디슨 스퀘어 가든도 비좁을 것이다.

나는 이 일을 시작한 첫날부터 카본지로 복사한 내가 쓴 60초 소설의 복사본을 모두 보관해 두었다. 지금 내 서재에는 화장지만큼 얇은 그 복사본들이 1미터가 넘는 높이로 쌓여 있다. 그 종이들의 색깔은 흰색, 초록색, 분홍색, 파란색,

노란색 등 다양하다. 그것은 이야기들의 무지개이고, 삶의 작은 메시지들을 쌓아 올린 기둥이다.

그 모든 세월이 지나고 그렇게 많은 이야기를 쓴 뒤에도, 아직도 내 마음속에 남아 있는 한 가지 의문이 있다. 이렇듯 엉뚱하고, 터무니없고, 말도 안 되는 행동이 상상을 뛰어넘는 큰 성공을 거둔 이유는 무엇일까?

가장 단순한 차원에서 보면, 사람들이 내 타자기에 언제나 흥미를 갖기 때문이라고 말할 수 있다. 처음에 나는 로얄 타자기를 썼지만, 지금은 1937년형 레밍턴 타자기를 쓴다. 휴대용 노트북 컴퓨터가 나와 있는 요즘, 내 타자기는 마치 골동품처럼 보일 것이다. 나의 빠른 타이핑 실력과 옛날 물건이 내는 요란한 소음 또한 사람들의 마음을 사로잡는 또 하나의 구경거리다. 속도를 재보진 않았지만, 나는 매우 빠른 속도로 타자를 친다.

그리고 사람들은 운동선수의 시합이나 가수의 콘서트를 본 적은 있어도, 작가가 공연한다는 말은 들어 본 적이 없다. 더구나 그 공연은 글을 읽는 것이 아니라 즉석에서 글을 쓰는 것이다. 작가가 '사실들'을 이야기로 바꾸는 과정에 함께 참여하는 일은 새롭고 흥분된 경험이다. 따라서 이 일은 단순히 '재주를 부리는 인간 기계'의 속임수와는 다르다.

하지만 나는 그 이상의 무엇인가가 있다고 말하고 싶다. 우리들 각자가 간직하고 있는 인생 이야기들은 믿을 수 없을 만큼 큰 힘을 지니고 있다. 우리는 생존을 위해서도 그 이야기가 필요하다. 우리들 자신의 인생 이야기들은 우리 몸의 장에서 소화를 도와주는 작은 미생물과도 같다. 우리의 머릿속에 작은 이야기들이 없다면, 우리는 무엇으로 우리의 삶을 소화할 수 있겠는가?

또한 역설적이게도 내가 소설을 써준 22,613명 모두는 그들이 간직한 이야기보다 훨씬 위대한 사람들이었다. 내가 지금까지 배운 가장 큰 교훈이 바로 그것이다. 그 사람이 대기업의 유능한 부사장이든 아니면 가정주부든 노숙자이든 나는 언제나 그들이 자신의 이야기를 넘어서 있다는 것을 알 수 있었다. 내가 그들의 눈을 깊이 들여다보고 씩 웃으면, 웬일인지 우리는 서로 말하지 않고도 알 수 있었다. '우리는 단지 두 명의 어린 아이들이고, 자신들에 대한 이야기를 지어내며 놀고 있다'는 것을.

그것이 어린아이들에게서 발견할 수 있는 아름다움이다. 아이들에게 이야기는 놀이고, 갖고 노는 장난감이다. 반면에 진짜 소중한 보물은 마술과도 같은 지금 이 순간 이다. 내 딸 애니는 걷기 시작하자마자 자주 걸음을 멈추고 무엇인가를 바라보곤 했다. 상점의 쇼윈도 앞을 지나칠 때마다 아이는 안을 들여다보며 물었다.

"이게 뭐야?"

술 파는 가게의 유리창 안에서 색 바랜 판지로 만든 여자가 맥주병을 들고 있는 것만 봐도, 애니는 그 앞에서 소리치곤 했다.

"아빠, 이것 좀 봐!"

아이는 이야기를 갖고 있지 않다. 아이는 단지 자기 자신일 뿐이다. 아이는 어디를 가나 그 순간에 살고 있다. 내 머릿속에 있는 이야기, 이를테면 우리가 식당으로 걸어가고 있다는 생각이 애니의 머릿속에는 없었다. 딸아이는 단지 걸어가고 있을 뿐이었다.

순간을 사는 것, 그것은 무엇과도 바꿀 수 없는 소중한 보물이다. 1985년 에블린이라는 이름의 여자에게 써준 60초 소설에서 나는 이렇게 말했다.

> 현실 세계에서 해피엔딩은 일어나지 않는다. 우리는 지금 이 순간 행복해짐으로써 해피엔딩을 이룰 수 있을 뿐이다.

그리고 내가 이해하는 한, 우리 모두가 진정으로 바라는 것은 지금 이 순간의 행복이다.

지금부터 소개하는 60편이 조금 넘는 글들은 내가 가장 좋아하는 60초 소설로서, 각각의 글들은 주인공이 내게 해준 이야기를 듣고 즉석에서 쓴 것이다. 한편 나 자신에 대한 이야기는 이렇다. 거리에서 소설을 써보자는 엉뚱한 생각은 나에게 직업을 가져다주었을 뿐 아니라, 내 아내 엘리스도 만나게 해주었다. 나는 60초 소설을 써주면서 그녀를 만났다.

그리고 소설가가 되려는 내 꿈도 실현되었다고 말할 수 있다. 물론 내가 예상한 방법대로 된 것은 아니었지만. 나는 길거리에서 소설을 썼고, 한 번에 한 사람씩, 한 페이지 분량의 글을 썼다. 좋은 이야기는 언제나 사람들이 기대하는 대로 결론을 맺지 않는 법이다.

#2.
길거리의 소설가

1983년 봄, 한주일 동안 시카고 거리에서 글을 쓰면 어떨지 알아보기 위해 나는 일주일간 휴가를 냈다. 그 결과 순수하게 글만 써서 일주일 만에 1200달러를 넘게 벌 수 있었다. 다음날 나는 미국 변호사 협회 회장에게 전업 60초 소설가가 되기 위해 직장을 그만두겠다고 말했다.

뉴욕 거리로도 한번 진출해 보고 싶었다. 뉴저지에서 어린 시절을 보냈기 때문에 나는 언제나 그쪽 지역으로 돌아가고 싶은 마음이 있었다. 보수적인 도시 시카고에서는 내가 괴짜에 불과했지만, 동부의 뉴욕이라면 빠르게 성장하는 거리 예술 속에서 또 한 명의 예술가로 대접받을 가능성이 컸다.

토요일 저녁, 나는 뉴욕 맨해튼의 콜럼버스 애비뉴에 도착했다. 그곳에서는 많은 거리 예술가들이 자리다툼을 벌이고 있었다. 팬터마임 배우, 마술사, 브레이크 댄서, 풍선을 꼬아 만드는 사람, 손금 보는 사람, 불 먹는 요술쟁이, 초상화가, 하프시코드 연주자, 플루트 부는 여자, 모녀 탭댄스 팀. 이렇게 수많은 예술가들이 있었지만 60초 소설은 소박한 미국 중서부 사람들로부터 좋은 반응을 얻었듯이, 차가운 뉴욕 사람들 속에서도 크게 성공할 수 있었다.

어느 월요일, 짐을 싸서 아예 뉴욕으로 이사하려는 생각을 갖기 전의 일이다. 콜럼버스 애비뉴와 72번가가 만나는 길모퉁이에 앉아 있는데, 아름다운 처녀 두 명이 걸어와 자신들을 에이미와 수잔이라고 소개했다. 내가 물었다.

"두 분은 지금 쇼핑하러 나왔나요?"

에이미가 말했다.

"오늘은 우리가 정신병원에서 하루 동안 외출하는 날이에요."

내가 놀라서 물었다.

"정말이에요?"

에이미가 슬픈 눈빛으로 대답했다.

"물론 정말이에요."

내가 다시 물었다.

"인생이 슬프다고 생각하나요?"

이번에는 수잔이 대답했다.

"이따금 나는 인생에 좋은 것이 있다는 걸 잊어 버려요. 나쁜 일이 너무 많기 때문이죠."

그들은 아주 젊고, 해맑고 순수한 얼굴을 하고 있었다. 나는 그들에게 용기를 북돋아주고, 인생이 얼마나 좋은 것인가를 일깨워 줄 수 있는 그런 글을 써야겠다고 느꼈다. 그래서 이렇게 썼다.

: 아픔은 잊고 건강해질 것을 기억하자

에이미와 수잔이 자꾸만 잊어버리는 일이 있었다.
그들은 아침에 일어났을 때, 가을날 새벽 숲속 호수에서
맡을 수 있는 향기를 잊고 지낸다. 그들은 다른 사람들이
그들을 붙잡아 주고 있다는 사실을 잊고 지낸다. 그들은
크리스마스처럼 굉장한 일이나, 저녁 식사처럼 작은 일들이
다가올 때 마음이 설레는 것을 잊고 지낸다.
또한 그들은 봄에 북쪽으로 날아가는 기러기들의
울음소리를 잊곤 한다. 그들은 아침에 잠에서 깨어나
마시는 커피맛과 샤워를 할 때의 기분을 잊어 버렸다.
샤워를 하면서 서서히 잠에서 깨어나는 기분, 비누를

온몸에 묻히면 피부로 느껴지는 그 상쾌한 기분을.
그들은 사랑과 우정, 희망 같은 것들을 모두 잊어 버렸다.
지나다니는 차 소리를 듣는 일과 거리에서 다른 사람들과 농담하는 것을 잊어 버렸다.
그래서 그들은 기억을 되살리기 위해 의사를 찾아갔다.
그리고 이제 그들은 서서히 기억하기 시작한다.
하지만 아름다운 모든 것들을 기억하면서, 그들은 더불어 고통과 마음의 상처, 힘들었던 일들을 기억하기 시작한다.
처음에 그들은 바로 이런 기억들 때문에 아름다운 일들을 잊었던 것이다.
하지만 그것이 삶이다. 삶에는 고통과 아름다움, 좋은 것과 나쁜 것이 함께 있다.
그렇기 때문에 우리는 아름다움과 사랑, 행복에 의지하는 것이다. 그것들에 마음을 기대고, 그것들을 잊지 않으려고 노력하는 것이다.
그 좋은 것들을 기억하기를.
기억해야 한다는 것을 기억하기를.

그해 크리스마스를 며칠 앞둔 어느 날, 수잔으로부터 엽서 한 장이 날아왔다. 내가 그녀에게 써준 60초 소설 밑에 적힌 주소로 엽서를 보낸 것이다.

: 댄 헐리 씨에게

한여름의 어느 날, 당신은 나와 내 친구 에이미에게 60초 소설을 써주었지요. 당시 우리는 정신병원에 입원한 환자였습니다. 우리는 지금 병원에서 퇴원했고, 둘 다 '좋아지기' 위해 노력하고 있답니다. 내가 당신에게 이 글을 쓰는 이유는 5호 병동의 모든 환자들이 당신이 써준 "아픔은 잊고 건강해질 것을 기억하자"는 글을 정말 좋아하고, 거기서 큰 힘을 받았다는 사실을 당신께 알려 드리고 싶었기 때문입니다. 나는 모든 사람들을 대신해서 당신께 감사드리고 싶습니다. 나 또한 당신께 고마운 마음을 전합니다. 왜냐하면 당신이 그날에 대해 아주 '좋은' 기억을 갖게 해 주었으며, 내게 큰 기쁨을 주었기 때문입니다. 당신 덕분에 나는 아름답고 섬세한 기억들을 많이 간직할 수 있었습니다. 당신의 글이 당신에게도 큰 기쁨이 되기를 바랍니다. 그리고 당신이 하는 모든 일이 잘 되기를 빕니다.

감사의 마음을 전하며, 수잔

뉴욕의 거리에서 일주일 동안 실험적으로 글을 쓴 뒤, 나는 짐을 싸서 아예 뉴욕으로 이사하기 위해 시카고로 돌아왔다. 공휴일인 7월 4일, 나는 시카고 음식 축제에서 글을 썼다. 이 행사는 야외에서 열리는 음식 축제로, 10만 명이 넘는 중서부인들이 축구장만한 크기의 공원을 가득 메웠다. 그들은 내 주위로 몰려들어 겨자를 내 등에 떨어뜨리고 무릎에다 맥주를 쏟으면서, 마치 내가 햄버거를 만들고 있는 것처럼 줄을 서서 자기 소설을 기다렸다.

둘째 날은 비가 내렸다. 그럼에도 불구하고 나는 계속 글을 썼다. 그날 밤 서너 명의 남자아이들이 다가오더니, 내 뒷주머니에서 50달러를 빼내 달아났다. 나는 그들을 뒤쫓다가 이내 타자기로 돌아와 계속 글을 썼다. 어떤 일도 내가 타자기를 두드리는 것을 멈추게 할 수 없었다. 나는 매우 빠른 속도로 타자를 치기 때문에 머리를 쥐어박으며 이야기의 줄거리를 구상할 시간이 거의 없었다. 이야기들 스스로 자신들의 이야기를 만들어 가야만 했다. 그럴 때마다 내 자신이 공중으로 붕 뜨면서 단어들의 물결에 휩쓸리는 그런 기분이었다.

7월 4일 오후, 실라스라는 이름의 남자가 여자와 아이를 데리고 다가왔다. 내가 물었다.

"결혼하셨습니까?"

"우리는 한 가족이오."

그는 그렇게 말했고, 그것만으로도 나는 충분했다.

: 우리는 한 가족

실라스는 자신의 아내와 아이를 손으로 가리키며 말했다. "우리는 한 가족이오." 그의 말에는 힘과 위엄이 실려 있었다. 그는 대담하게 말했고, 적당한 단어를 선택했다. 하지만 실라스는 자신이 한 말이 얼마나 멀리까지 갈 수 있는지 모르고 있었다.

그가 피아노 치는 것을 좋아하는 딸 셰리를 가리켰을 때, 또한 자신의 삶이 충만해지기 때문에 교회에 가는 것을 좋아하는 아내 엘로라를 가리켰을 때, 그 두 사람을 손으로 가리키며 "우리는 한 가족이오"라고 말했을 때, 나는 그의 손짓 너머로 시카고 음식 축제에 놀러와 우리를 둘러싸고 있는 수많은 군중들을 보았다. 또한 부랑자와 행상인, 사업가와 택시 운전사를 보았고, 시카고 시 전체를 보았다. 그가 팔을 한 번 벌리자 일리노이 주의 모든 것, 옥수수밭과 도시들, 염소와 거위와 농부들이 모두 그 안에 들어왔다. 나는 그가 강한 팔로 독립기념일을 축하하는 나라 전체를 감싸는 것을 보였다. 그리고 그의 팔 안에서 사회주의 국가들과 굶주리는 사람들, 아프리카의 가난한 사람들과 자기 성을 가진 부자들, 양치는 목동과 원주민들, 프랑스인과 독일인, 그리고 지구별의 모든 살아 있는 것들을 보았다. 그가 팔을 더욱 멀리 벌리자, 금성과 화성과 태양, 나아가 은하수 끝과 별 세계, 하느님의 세계에 있는 모든 것이 그 안에 들어왔다. 나는 그가 그 모든 것을 감싸는 것을 보았다. 그것은 그가 이렇게 말했기 때문이다.

"우리는 한 가족이오."

7월 5일 오후, 시카고 음식 축제가 절정에 달할 즈음에 두 명의 십대 소녀가 지나가며 나를 쳐다보았다. 한 아이가 다른 아이에게 빈정거리는 말투로 말했다.

"정말 신기한 방법으로 돈을 버는군."

그녀의 친구도 걸음을 멈추고 말했다.

"잘 모르겠지만, 돈을 벌기에는 좋은 방법인 것 같아."

그들은 잠시 이야기를 나누더니, 돈을 내밀며 자신들의 이야기를 써달라고 했다.

반시간 뒤, 처음부터 내가 글 쓰는 것을 비웃던 여자 아이가 남자 친구와 함께 돌아왔다. 나는 이 이야기를 하기 위해 그녀를 리디아라고 부르겠다.

남자 아이가 내게 말했다.

"리디아는 자기의 소설을 좋아하지 않아요."

나는 협박당하고 있다는 생각이 들긴 했지만, 다시 보니 그는 그다지 겁낼 만한 친구가 아니었다. 그가 또 말했다.

"그러니 얼른 새로운 것으로 하나 더 써줘요."

리디아가 옆에서 소리쳤다.

"이 글은 엉터리예요. 당신은 단지 우리가 말한 걸 그대로 베껴 썼을 뿐이에요."

그때 나는 다른 사람의 이야기를 글로 쓰고 있는 중이었고, 사람들은 줄을 서서 차례를 기다리고 있었다. 내가 리디아에게 말했다.

"돈을 돌려주마. 한 편을 더 써줄 수는 없어. 난 아까 쓴 글이 좋다고 생각해."

그녀는 내 얘기를 받아들이지 않았고, 20여 분 동안 내 앞에 서서 지나가는 사람들에게 소리쳤다.

"이 사람은 정말 나쁜 인간이에요!"

그녀는 사람들에게 계속해서 떠들어댔다.

"이 사람한테 글을 써달라고 하지 마세요."

하지만 아무도 그녀의 말에 신경 쓰지 않았다. 오히려 그녀는 마치 카니발에서 나를 위해 손님을 끌어 모으고 있는 것처럼 보였다.

마침내 이 문제를 해결하기 위해, 나는 그녀에게 한 가지 제안을 했다. 그곳에 있는 사람들 모두에게 그 소설을 큰 소리로 읽어 주자는 것이었다. 그래서 사람들이 그 글이 좋은지 나쁜지 평가하도록 하자는 것이었다. 그녀는 동의했다.

내가 그 글을 큰 소리로 읽자, 사람들이 많은 박수를 보냈다. 사람들은 그 이야기가 마음에 든다고 말했다.

하지만 리디아는 여전히 물러서려고 하지 않았다. 마침내 그녀는 사람들이 서 있는 줄을 흐트러 놓았다.

내가 그녀에게 물었다.

"정말 한 편 더 써주기를 원하니? 내 생각엔 다시 써줘도 마찬가지로 좋아할 것 같지 않은데."

내가 그렇게 말한 까닭이 있다. 지난 3일 동안 2백여 편의 소설을 쓰면서 나는 수많은 사람들의 마음과 영혼을 들여다보았다. 그래서 내 자신이 소설가라기보다는 현자나 심령술사가 된 것처럼 느끼고 있었다. 더구나 리디아의 기분에 맞추기 위해 작고 귀여운 이야기를 쓰고 싶은 마음이 전혀 없었다.

그녀가 퉁명스럽게 말했다.

"그건 걱정하지 말아요. 틀림없이 좋아할 테니까요. 어서 새로 써주기나 하세요."

나는 조용히 그녀의 눈을 바라보았다. 그러자 내 자신이 갑자기 사라지는 것을 느꼈다. 나는 사라지고 진실 그 자체가 내 타자기를 통해 스스로 이야기를 써내려가기 시작했다.

: 리디아에게

당신이 거리에 있는 사람들에게 화만 내고 있으니 참으로 유감이다. 그것은 넝마 줍는 여자들이나 하는 짓이다. 그 여자들은 어느 누구에게 화를 내는 것이 아니라 오직 상상

속의 대상에게 소리를 지르고 있는 것이다. 과거에 겪은 어떤 일이 아직도 당신을 괴롭히는가? 인생을 살며 누군가가 당신에게 기분 나쁜 짓을 했기 때문에, 아직도 그 일이 잊혀지지 않는가? 나는 당신이 그 기억을 버리고, 마음을 비우고, 삶을 즐기기를 바란다.

내가 보이는가? 여기 앉아 있는 내가 보이는가?

나는 즐겁게 살고 있다.

당신도 그렇게 하기를 바란다. 당신은 이곳에 서서 화를 내며 하루를 완전히 낭비하려고 한다. 내 소설을 읽는 것이 행복하지 않다면 도대체 그렇게 하는 이유가 무엇인가?

왜 더 많은 것을 바라며 계속 돌아오는가?

마음을 비우라. 시원한 음료수나 한 잔 마시며, 삶을 즐기라. 더도 말고 90년 안에 당신은 죽을 것이다. 당신은 삶을 즐길 수도 있고, 당신을 미치게 만드는 사람들에게 소리를 지르며 마냥 서 있을 수도 있다.

자, 당신은 어느 쪽을 선택할 것인가?

진실한 마음으로, 댄 헐리

리디아는 이 60초 소설을 자신이 직접 소리 내어 읽겠다고 우겼다. 그녀는 잔뜩 비꼬는 말투로 그 글을 읽기 시작했다. 하지만 이야기 끝부분에 이르자, 좀 더 진지하고 극적인 목소리로 읽어 나갔다. 내가 하는 말을 충분히 이해하고 있다는 것을 사람들에게 보이기 위해서였다. 글을 다 읽은 뒤 그녀는 아무 말 없이 자리를 떠났다.

잠시 후 그녀는 다시 돌아왔다. 그리고 또 다시 10초 동안 나를 향해 날카로운 비명을 지르더니, 갑자기 내 뺨을 후려갈기는 것이었다.

나는 의자에서 벌떡 일어나 소리쳤다.

"당장 꺼지지 못해. 그렇지 않으면 경찰을 부르겠어."

그녀는 그곳을 떠났다.

30분쯤 뒤, 리디아의 여자 친구가 혼자서 돌아왔다. 그녀는 말했다.

"아까 당신에게 하고 싶은 말이 있었어요. 리디아에 대해 당신이 한 말은 모두 옳았어요."

그 말이 진실일지라도, 이 사건을 통해 나는 사람들이 자신에 대한 비판을 듣는 데는 한계가 있다는 것을 알게 되었다. 나는 다시는 사람들에게 공격적으로 대항하지 않겠다고 스스로 다짐했다. 나는 사람들에게 감동을 주려는 것이지, 그들과 주먹다짐을 하려고 길거리로 나온 것은 아니니까.

뉴욕으로 이사한 나는 여름 내내 길거리에서 소설을 썼다. 주중에는 주택가나 쇼핑센터 같은 데서 글을 쓰고, 주말 오후가 되면 맨해튼 남부 항구 거리나 메트로폴리탄 미술관 앞에서, 저녁에는 더 위쪽에 있는 도심지에서 글을 썼다.

어느 늦은 밤, 맨해튼의 콜럼버스 애비뉴와 72번가가 만나는 지점에 앉아 있는데, 중년 남자 둘이 검은 머리를 길게 늘어뜨리고 내게로 걸어왔다.

평범한 사내들처럼 보였다. 한 남지는 깡말랐고, 다른 남자는 배가 불룩한 뚱보였다. 둘 다 티셔츠를 입고 있었다.

매부리코의 깡마른 친구가 말했다.

"'미지근한 맥주와 형편없는 음식'이라는 이름의 술집에 대한 이야기를 한 편 써주시오. 이것이 당신에게 말할 수 있는 전부요. 그냥 써주시오."

그의 말이 내게 영감을 불러일으켰다.

: 자기표현

옛날에 모든 것에 완전히 실패한 남자가 있었다. 그가
실패한 이유는 계속 성공하려고 애썼기 때문이다.
마음속에서 그는 성공한 사람이 아니었다. 마음속에서는
언제나 실패한 사람이었다. 계속 성공하려고 애썼기 때문에
그는 점점 더 크게 실패하고 있었다. 마침내 그는
자포자기하는 심정으로 자신의 패배감과 세상에 대한
분노를 표현하기로 결심했다. 그래서 그는 '미지근한
맥주와 형편없는 음식'이라는 이름의 술집을 열었다.
사람들은 그 술집 이름을 듣고 흥분했다. 모두가 그 이름에

담긴 대담성과 엉뚱함과 직설적인 표현을 맘에 들어 했다.

그 이름은 다른 것들과는 너무도 달랐다. 기가 막히게
독특했다.

사람들은 그것이 한 남자의 완벽한 자기표현이라는 것을
깨달았다. 그는 마침내 자신의 패배감을 완벽하게 표현한
것이다.

그리고 그는 실패로써 대단한 성공을 거두었다.

두 사람은 웃음을 터뜨리며 10달러를 주었다. 그 돈은 내가 새로 정한 가격의 두 배나 되는 금액이었다.

그들은 곧 자리를 떠났다. 그런데 몇 걸음 가다 말고 뚱뚱한 남자가 뒤돌아보며 말했다.

"당신이 누구한테 글을 써 준지 알아요? 바로 앨리스 쿠퍼요."

그가 그 이름을 말하는 순간, 매부리코를 한 로큰롤의 악동이 생각났다. 그는 오늘날 활동하는 마릴린 맨슨의 대선배격이다.

1984년 9월 30일 일요일, 메트로폴리탄 미술관 앞에 앉아 있는데 다렐과 올가라는 이름의 행복해 보이는 삼십대 부부가 다가왔다. 그들은 15년 전 두 사람이 처음 만났을 때, 남자가 여자에게 한 질문에 대해 말해 주었다.

: 이 지하철은 얼마나 연착될까요?

7번 지하철에 탄 다렐은 인생을 잘 살아 보려고 노력하고 있었다. 언제나 그렇듯이 그는 삶이 불안하고, 아무렇게나 흘러가고 있는 것처럼 여겨졌다. 그때 지하철이 역과 역 사이에 멈춰 섰다. 그는 옆에 서 있는 젊은 처녀 올가에게 물었다. "이 지하철이 얼마나 연착될까요?"
그때 그는 비로소 그녀를 자세히 바라보았다. 그녀는 몸집이 풍만한 매력적인 여자였으며, 그가 좋아하는 모습을 많이 갖고 있었다. 도톰한 입술, 커다란 갈색 눈, 아름다운 갈색 머리, 그리고 행복한 미소, 그녀는 바로 중남미 출신의 여성이었던 것이다. 다렐은 그녀와는 정반대였다. 유럽 출신인 그는 창백한 얼굴에 몸집이 작은 남자였다.
그는 마치 마술에 걸린 느낌이 들었다. 그녀를 처음 보는 순간부터 그는 두 사람이 결혼해서 행복하게 살게 되리라는 걸 알 수 있었다. 하지만 올가는 먼저 그의 질문에 대답해야 했다. 그 남자가 막다른 곳에 이르기 전에 인생의 지하철이 얼마나 연착될지를 그에게 말해야만 했다.
올가는 대답했다.
"영원히 연착될 거예요."

#3 • 타자기를 들고 파티에 가다

60초 소설을 쓰기 시작하고 얼마 뒤부터 나는 뉴욕에서 열리는 화려한 파티들에 초대받아 정기적으로 글을 쓰게 되었다. 이런 파티는 사람들이 주식 배당금을 받을 때면 사치가 더해졌다. 나는 흙먼지가 날리는 거리 대신에 양탄자 깔린 호화로운 연회장 같은 데서 글을 썼다. 또한 유명 인사의 대저택에서 열리는 일요일 파티와 화려하기 그지없는 배 안에서 거행되는 성인식 파티, 그리고 실내 체육관을 통째로 세내어 열리는 흥겨운 파티에서도 글을 썼다. 또 기업체나 개인들의 초청을 받아 멀리 캘리포니아, 캐나다, 플로리다까지 날아갔다.

화려한 파티에 초대받아 글을 쓰면서부터는, 마치 내 자신이 닉 캐러웨이의 삶을 실제로 살고 있는 것 같은 기분이 들었다. 스코트 피츠제럴드의 소설 『위대한 개츠비』에 나오는 닉 캐러웨이 말이다. 그 소설에서는 모든 사람이 닉에게 자기 내면의 비밀을 털어놓는다. 턱시도와 눈부신 옷을 걸친 사람들도 그 내면을 들여다보면, 내가 거리에서 이야기를 나눈 사람들과 하나도 다르지 않다는 것을 알 수 있었다.

1985년 미국 예복 맞춤 협회가 뉴욕 힐튼 호텔에서 파티를 열었다. 그곳에서 나는 자신들의 이야기가 "불가사의하고, 열정적이고, 아름답기까지 하다"고 말하는 부부를 만났다. 나는 그들의 이야기를 다음의 60초 소설로 옮겨 적었다.

: 불가사의하고, 열정적이고, 아름다운 이야기

1940년대 프란시스 뉴먼과 밥 영은 시카고의 한
고아원에서 함께 자랐다. 마침내 그들은 서로 좋아하는
사이가 되었다. 중학교 1학년 때 프란시스는 쿠키를 구워
밥의 책상서랍 안에다 몰래 놓아 두곤 했다. 눈에 잘 띄는
서랍 밑에 놓아두는 것보다 그것이 훨씬 좋은
방법이었는데, 왜냐하면 고아원의 수녀님들이 그런 행동을
절대 용납하지 않았기 때문이다. 두 어린 연인은 키스조차

하지 못했고, 손이나 잡는 것이 고작이었다. 두 사람 다 열여덟 살이 되었을 때, 밥은 고아원 밖에서 직장을 구했다. 이제 그들은 헤어지게 되었고, 그 뒤로 다시는 만날 수 없었다.

밥은 거의 세 번이나 결혼할 뻔했다. 스물다섯, 서른, 서른다섯 살 때 결혼의 기회가 있었다. 그럴 때마다 여자가 먼저 뒤로 물러섰다. 마지막 기회를 놓치면서 마침내 마음이 편안해진 밥은 더 이상 결혼하려고 애쓰지 않았다. 그는 독신으로 오십대를 맞이했으며, 결혼식에 턱시도를 맞춰 주는 〈영 예복〉이라는 가게를 운영했다.

프란시스는 케네스라는 이름의 남자와 결혼해 세 명의 자녀를 두었다. 두 사람이 24년을 함께 산 뒤 남편 케네스가 먼저 세상을 떠났다. 처음에 프란시스는 절대로 재혼을 하지 않겠다고 다짐했으며, 곧 그런 생각조차 기억에서 사라졌다. 그리고 밥과 마찬가지로 홀로 오십대를 보냈다.

그런데 고아원이 두 사람에게 재회의 기회를 주었다. 밥과 프란시스가 서로를 마지막으로 본 지 38년 만의 만남이었다. 밥은 그녀를 보자마자 다시금 사랑의 감정이 싹트는 것을 느낄 수 있었다.

그는 그녀와 함께 춤을 추면서 말했다.

"이렇게 폴카 춤을 잘 추는 당신에게 점심을 대접해도

될까요?"

첫 번째 데이트 때 그들은 새벽 4시까지 이야기를 나누고 헤어졌다. 프란시스는 어린아이처럼 마음이 설레었다. 두 번째 데이트에서 밥은 마침내 그녀에게 사랑을 고백했다. 프란시스는 조심스러운 생각이 들었다. 하지만 밥은 전과 다름없이 정중하고, 친절하고, 사려 깊은 사람이었다.

그녀는 생각했다.

'이것은 현실이 아니야. 내가 지금 꿈을 꾸고 있는 게 틀림없어.'

그들은 그후 3년 동안 '불가사의하고, 열정적이고, 아름다운' 시간을 함께 보냈다. 그리고 드디어 다가오는 11월 22일 결혼할 것이다. 밥은 생각한다. 지금까지 50,000번의 결혼식을 위해 예복을 준비했는데, 한 번 더 준비하는 것이 무슨 큰일이겠는가?

하지만 수녀님들은 그가 신부에게 키스할 때 딴 곳을 쳐다봐야 할 것이다.

1998년 12월 22일, 한 법률 회사의 파티에서의 일이다. 바버라라는 이름의 중년 여성이 다가와 자신이 9년 전 딸 데보라에게 신장 하나를 기증한 이야기를 들려주었다. 그녀가 기증한 신장은 7년 동안 별 문제가 없다가, 무슨 잘못이 생겼는지 2년 전부터 데보라는 다시 신장 투석을 받아야만 했다. 나는 최근의 텔레비전 뉴스를 통해 자신의 두 번째이자 마지막 신장을 딸에게 기증하기를 원한 아리조나의 어느 죄수 이야기를 알고 있었다. 바바라에게 그 죄수에 대해 어떻게 생각하는가 묻자, 그녀는 망설임 없이 대답했다.

"불법이 아니라면 나도 그렇게 할 거예요."

다른 신장 기증자가 나타날 때까지 딸 데보라가 신장 투석으로 건강을 유지할 수 있다고 해도, 기꺼이 자신의 나머지 한쪽 신장을 주겠다는 것이었다.

나는 바바라에게 왜 자신의 생명을 걸고 딸에게 신장을 주려고 하는지를 물었다. 그녀의 대답이 이 이야기의 제목이 되었다.

: 또 한 번의 출산

바바라와 그녀의 남편 벤에게는 아이가 하나 있었다.
데보라라는 이름의 딸아이였다.
그들은 더 많은 아이를 갖기 원했지만, 신의 계획은
그들에게 오직 한명의 아이를 주는 것이었다. 바바라는
딸아이에게 동생을 낳아 줄 수 있었다면 정말 기뻤을
것이다. 할 수만 있었다면 이들 부부는 여섯 명의 아이를
낳았을 것이다. 하지만 신은 다른 계획을 갖고 있었다.
딸아이는 활동적이고, 의지력이 강하며, 매력적인 소녀로

자라났다. 엄마 바바라의 눈에는 너무도 훌륭한 아이였다.
하지만 딸아이가 전신에 결핵성 피부염을 앓고 있다는
사실이 밝혀졌으며, 그 병으로 급격히 신장이 나빠졌다.
2년 동안 신장 투석을 한 딸아이에게 마침내 의사는 신장병
말기 선고를 내렸다. 그 순간 바바라는 또 한 번의 출산을
할 때가 온 것을 알았다.
이번에 그녀는 자신의 신장 하나를 딸아이에게 줌으로써
그 일을 해냈다. 1989년 다섯 시간에 걸친 수술에서 자신의
신장을 떼어 준 것이다. 바바라의 신장이 딸아이의 몸에
놓이는 순간 그것은 완벽하게 기능했다. 바바라에게 그
수술은 두 번째 출산과 같았고, 딸에게 두 번째로 생명을
준 것이나 마찬가지였다. 그녀는 날아갈 듯 기분이 좋았다.
신장이 열 개 더 있어 계속 생명을 탄생시킬 수 있다면,
그것보다 더 기쁜 일은 없을 것이다.

소호 거리의 한 아틀리에에서 열린 파티에서는 흰 말 꼬랑지 머리를 길게 늘어뜨린 나이든 남자가 눈에 띄었다. 나는 처음에 그가 늙은 괴짜 예술가임에 틀림없다고 생각했다. 하지만 알고 보니 그는 괴짜와는 정반대의 사람이었다.

: 약속을 지키는 에이브

에이브는 정직하다. 그는 약속을 지키는 사람이다.
공인회계사로서 그는 자신의 말에 책임을 져야만 했다.
사람들은 그를 믿고 의지했다.
58년 전 지금의 아내에게 언제나 그녀를 사랑하고 그녀 곁에 있겠다고 약속했을 때, 그는 평생 동안 그 약속을 지켰다. 그들은 오랜 세월 함께 살았고, 지금은 두 명의 자식과 세 명의 손자를 두고 있다.
하지만 그가 6년 전 어느 날만큼 약속을 지켰던 적은 없었다. 당시 그의 맏사위 프레드가 병원에 입원해 있었기 때문에, 에이브는 사위를 보기 위해 병원으로 갔었다. 그때 사위 프레드가 농담처럼 말했다.
"이발을 하셔야겠네요."
하지만 장인 에이브는 너무도 진지하게 대답했다.
"자네가 이곳을 걸어 나가기 전에는 절대로 머리를 깎지 않겠네."
하지만 프레드는 결코 그곳을 걸어 나가지 못했다. 그는 실려 나갔다. 그만 병으로 죽은 것이다.
에이브는 자신이 프레드에게 한 약속을 지켜야 한다고 생각했다. 이것이 바로 그가 머리를 자르지 않고, 흰 말꼬랑지 머리를 길게 늘어뜨리고 다니는 이유이다. 그처럼 보수적인 공인회계사가 말이다.

에이브의 긴 머리는 그의 정직성과 헌신, 그리고 사랑을 보여 주는 흰 상징물이다.

1986년 8월 27일, 나는 CBS 매거진을 위한 파티에서 60초 소설을 써달라는 초대를 받았다. 이 파티는 뉴욕 시 북쪽에 있는 오래된 놀이공원 라이 플레이랜드에서 열렸다.

그날 내 앞에 줄을 서 있던 수많은 사람 중에 아름다운 푸른 눈을 가진 여자가 한 명 있었다. 엘리스라는 이름의 이 여자는 최근에 애인과 헤어진 사건을 말하면서, 자신이 그 일에 어떻게 대처하고 있는지 이야기했다. 그 중에는 그녀 혼자 바닷가를 거니는 일도 포함되어 있었다.

그녀의 이야기를 다 듣고 난 뒤, 나는 내가 거의 쓰지 않는 형식의 글을 써주었다. 그녀가 꿈꾸는 남자를 어떻게 만날 수 있는가 예언하는 글이었다.

: 바닷가를 거닐다

엘리스는 한 남자와 사 년 동안 사귀었는데, 어느 날 그 남자가 먼저 헤어지자는 말을 꺼냈다. 두 사람 관계가 바람직하지 않다고 느꼈고, 그래서 마음이 혼란스러웠기 때문이다. 남자친구와 헤어지면서 엘리스는 자신을 아주 불행한 여자라고 여겼다. 하지만 시간이 지나면서 차츰 그것이 최상의 선택이었음을 깨달았다. 그 뒤로 한두 해 동안 그녀는 몇 차례 데이트를 했지만, 그녀가 남자를 좋아하면 남자 쪽에서 그녀를 싫어하고, 아니면 그 반대가 되곤 했다.

그것은 정말 속상한 일이었다.

그럴 때마다 엘리스는 할머니를 만나러 갔다. 할머니는 정말 지혜로운 여성이었고, 그녀에게 언제나 용기와 사랑을 주는 분이었다. 할머니와 이야기를 나누고 나면 엘리스는 훨씬 기분이 좋아지고, 따뜻한 마음과 웃음을 되찾곤 했다. 하지만 어떻게 하면 그녀의 진정한 사랑을 되찾을 수 있을까?

어느 날 할머니를 만나러 갔을 때 그녀는 다른 때와 마찬가지로 홀로 해변을 따라 산책을 할 것이고, 거기서 한 남자와 마주칠 것이다. 그는 그녀에게 질문을 던질 것이고, 그녀는 맨 먼저 이런 생각이 들 것이다.

'와, 이 남자는 뭔가 다른데.'

그들은 이야기를 나누고, 서로 사랑에 빠질 것이다.

그는 배를 타고 올지도 모른다. 그는 수영을 하고 있을지도 모른다. 아니면 산책을 하고 있을지도 모른다. 어쩌면 그는 하늘에서 떨어지거나, 파도 밑에서 솟아오를지도 모른다. 중요한 것은 그녀가 할머니를 찾아가 남자에 대해선 생각지도 않고 있을 때 그가 바다로부터 온다는 사실이다.
왜냐하면 바다에는 물고기도 많지만, 남자도 많이 있기
때문이다.

그날 있었던 일 중에서 아직 말하지 않은 중요한 사실이 한 가지 있다. 파티가 열린 라이 플레이랜드는 해변가에 위치해 있었다. 그래서 엘리스의 60초 소설을 쓸 때 나는 해안에서 20미터도 채 떨어지지 않는 곳에 앉아 있었다. 다시 말해, 그녀는 바닷가에서 나를 만난 것이다. 두 달 뒤 나는 뉴욕의 인기 있는 성인 학교 뉴스쿨의 작문 수업에 참석했다가 엘리스의 바로 옆자리에 앉게 되었다. 우연일까, 운명일까? 우리는 차를 마시러 나갔고, 마침내 사랑에 빠졌다.

그동안 내가 소설을 써준 수천 쌍의 연인들로부터 많은 사랑 이야기를 들었지만, 엘리스는 보통 사람과는 비교할 수 없는 여자였다. 그녀는 내가 만난 어떤 여성과도 달랐다. 활기가 넘치고, 달콤하고, 생각이 깊고, 정직했다. 또한 부드럽고, 재미있고, 똑똑하고, 아름다웠다.

1989년 12월 23일, 살을 에는 추운 날씨에도 불구하고, 나는 그녀를 뉴저지의 케이프 메이 해변으로 데리고 갔다. 그리고 그녀에게 고개를 들어 아름다운 별들을 보라고 말했다. 그녀가 다시 고개를 돌려 나를 쳐다보았을 때, 나는 한쪽 무릎을 꿇은 채로 손에는 티파니 보석 상점에서 산 반지를 들고 있었다.

내가 그녀에게 물었다.

"엘리스 로즈 가바리니여, 나와 결혼해 주겠소?"

그녀는 대답했다.

"좋아요."

하느님 고맙습니다.

#4 •
백화점에서 만난 사람들

여러 화려한 파티에 초대되어 그곳에서 글을 쓰다가 얼마 후부터는 미국 전역의 쇼핑센터나 백화점, 향수 회사로부터 초대를 받아 일반 쇼핑객들에게 정기적으로 60초 소설을 써 주기 시작했다. 특히 한 백화점은 전국에 새로 문을 여는 모든 지점으로 나를 초대했다. 그 백화점 이름은 헤스인데, 그때 이후로 그 백화점은 내리막길을 걸었다. 물론 절대로 나 때문이 아니다! 어떤 지점에서는 주차장 주변 풀밭에서 정말로 소들이 풀을 뜯어먹는 것을 볼 수 있었다. 웨스트 버지니아의 광산촌에 갔을 때는, 열여덟 살 엄마와 예순 살 할머니가 자신들의 이야기를 들려주려고 한 줄에 서 있었다.

알바니에서 백화점을 개장했을 때, 자신이 정말로 가수 엘비스 프레슬리라고 생각하는 아주 멀쩡해 뵈는 정신분열증 환자를 만났다. 내가 그에게 "그래서 엘비스가 된 기분이 어때요?" 하고 묻자, 그는 대답했다.

"엘비스의 몸은 너무, 너무 좋아요."

인디애나 주에서는 살인까지 부른 갱단의 싸움에 휘말렸다가 숙모와 살기 위해 그곳으로 온 브루클린 출신의 십대 남자 아이를 만나기도 했다.

백화점들은 주로 화장품 매장 근처에 내 자리를 마련해 놓고, 쇼핑객들에게 안내 방송을 했다.

"손님 여러분, 유명한 60초 소설가가 여러분의 인생 이야기를 써주기 위해 일층에 와 있습니다."

사람들은 아마도 나를 별난 '행위 예술가'쯤으로 생각했을 것이다. 그곳에서 나는 소도시에 사는 평범한 주부들과 휠체어를 밀며 다가오는 몇 명의 장애인을 만났다. 그럴 때마다 나는 이들에 대해 편견을 갖고 나름대로 추측을 하곤 했다. 하지만 이들 '주부'와 '장애인'이 입을 열면서, 나는 도저히 믿기지 않는 그들의 이야기에 귀를 기울일 수밖에 없었다. 그들은 불치의 암을 이겨내고, 자신을 학대하는 남편으로부터 벗어나고, 용기 있게 열정적인 사랑을 쫓아간 감동적인 이야기들을 쏟아놓았다. 그럴 때마다 나는 내 앞에 있는 그 사람을 바라보며 불가사의한 마음이 들곤 했다. 이렇게 평범하게 보이는 사람이 그런 놀라운 삶을 살았을 거라고 누가 상상이나 하겠는가.

롱아일랜드의 블루밍데일 백화점이 에스티 로더 향수를 선전하기 위해 나를 초청한 적이 있었다. 1989년 5월의 일이었다. 나는 한주일 동안 오후에만 그 백화점으로 가서 60초 소설을 썼다.

'물건을 사면 소설을 써드립니다.' 이것이 우리의 원칙이었다. 백화점은 아주 한산했는데, 이윽고 한 여자가 내게 걸어왔다. 나는 그녀의 이름을 물었다.

그녀가 말했다.

"엘렌 쿠퍼퍼슨이에요."

내가 물었다.

"이름이 특이하군요. 처녀 적 이름인가요, 아니면 결혼하고 나서 얻은 이름인가요?"

"둘 다 아니에요."

그녀는 그렇게 대답하고 나서 자신의 실화를 들려주었다. 그녀는 1976년 전 남편의 성인 '쿠퍼맨'이 붙어 있는 자신의 성을 합법적으로 바꾸기 위해 법원을 찾아갔다.

내가 물었다.

"왜 간단하게 처녀 때 이름으로 돌아가지 않았죠?"

그녀는 대답했다.

"왜냐하면 처녀 때 성도 아버지의 성을 따랐기 때문이에요. 나는 인간이 평등하다는 내 생각에 어울리는 이름을 갖고 싶었어요. 우리가 쓰는 언어 속에 남녀 차별적인 성격이 얼마나 많이 담겨 있는가를 난 밝히고 싶었어요."

판사가 그녀의 요구를 받아들이길 거부하자, 언론이 앞다퉈 그녀의 이야기를 다루었다. 그녀는 「굿모닝 아메리카」 프로에 출연했고, 『피플』지에도 실렸다. 엘렌은 더 많은 이야기를 들려주었으며, 나는 그것을 60초 소설로 옮겼다.

: 엘렌 쿠퍼퍼슨 만들기

엘렌은 쿠퍼맨과 결혼한 적이 있다. 결혼 생활을 하면서
그녀는 자신이 노예가 되거나 감옥에 갇힌 것처럼
구속당하는 느낌이 들었다. 그래서 그녀는 쿠퍼맨과
이혼했다. 그녀는 남편으로부터 자유를 얻었지만, 그의
이름에서 벗어나지는 못했다. 어느 의미에서 남편은
그녀에게 낙인을 찍고, '이름을 붙인' 것이다. 사람들이
흔히 말하듯 강한 남자들이 역사를 만든다지만, 그녀는
그녀 자신의 역사를 만들고 싶었다.
그가 그녀에게 이름을 붙인 것은 한때 백인들이 아프리카
나라들에 제멋대로 이름을 붙이고, 그곳에 사는 사람들과
상관없이 대륙을 작은 나라로 아무렇게나 쪼갠 것과

다름없었다. 그래서 엘렌은 한 인간으로서, 다시 말해 자기 이름을 지을 권리가 있는 사람으로서, 판사에게 자신은 엘렌 쿠퍼맨(Cooperman)이 아니라 엘렌 쿠퍼퍼슨(Cooperperson)이 되기를 원한다고 말했다.

판사는 기분이 언짢았다. 그녀가 엘렌 쿠퍼퍼슨이 된다면 무슨 일이 일어날 것인가? 누가 아는가. 맨홀(manhole)은 피플홀(peoplehole)이 될지도 모른다. 아프리카는 수백 개의 독립된 종족으로 돌아가 모두가 자유롭게 자신들의 삶을 살고, 자기 운명을 결정할 것이다. 제3세계는 해방될 것이다. 가난한 사람들이 마음대로 대학에 갈 것이다. 여자들은 남자들의 허락 없이 자신들이 원하는 대로 행동할 것이다. 아마도 전 세계가 깨어나 스스로 이름을 붙이고, 스스로 자신을 정의 내리고 스스로 창조할 것이다. 판사는 이런 일이 일어나도록 내버려 둘 수 없었다. 하지만 엘렌은 끝까지 판사의 결정에 맞서 싸웠고, 마침내 자신의 권리와 이름을 쟁취했다.

아, 정말 아쉽게도 판사의 끔찍한 예상은 실제로 일어나지 않았다. 하지만 엘렌은 자신의 꿈이 실현될 날을 기대하고 있다. 마침내 그날이 되면 우리 모두는 거대한 기계의 톱니바퀴처럼 행동하지 않아도 될 것이다. 누구나 삶과 자유, 행복 추구의 타고난 권리를 자유롭게 누리게 되리라. 엘렌 쿠퍼퍼슨이 그러했듯이.

뉴욕 시라큐스에 있는 헤스 백화점에서 글을 쓸 때, 나는 이솝우화에 나오는 교훈을 다시 한번 깨달았다. 우리가 외모에 깜박 속을 수 있다는 것이다.

: 그녀는 또 한 명의 쇼핑객이 아니었다

나는 그녀가 사는 게 지겹고, 쇼핑 외에는 아무것도 관심이 없는 또 한 명의 주부라고 생각했다.

하지만 진실은 그것과는 너무 달랐다!

수잔은 전에 두 번 결혼한 적이 있었다. 처음에 그녀는 덩치 큰 남편과 살았는데, 그가 미쳐서 날뛸 때마다 그녀는 그의 샌드백이 되어야만 했다. 남편은 그녀를 때려 한쪽 폐를 영원히 못 쓰게 만들었다. 그것은 도저히 상상이 안 가는 일이다. 왜냐하면 그녀는 아름다운 푸른 눈을 가진 금발 미녀이기 때문이다.

다음에 그녀는 자신을 보호해 주리라 믿고 경찰과 결혼했다. 하지만 그것은 그녀의 희망사항일 뿐이었다.

지금 그녀는 다시 결혼해, 마침내 행복을 찾았다. 그녀의 남편은 기업체에서 10년간 일하다 그만두고 지금은 나이아가라 모호크에서 밤마다 일한다. 수잔은 헤스 백화점의 가전제품 코너에서 아침 9시에서 오후 4시까지 일한다. 일을 마치면 그녀는 자신의 아이 두 명과 남편의 아이 세 명이 한 식구가 되어 살고 있는 집으로 돌아온다.
물론 다섯 아이 모두는 그들의 아이들이다. 그녀는
아이들의 문제를 해결해 주고, 싸우지 않게 다독이고,
음식을 해 먹인다. 그러고 나면 그녀에게는 할 일이 없다.
남편도 집에 없다. 그런데 그녀는 남은 한쪽 폐를 위해
운동을 해야만 한다. 걸어야 하는 것이다. 하지만 그녀가
밖으로 나가면 아이들도 함께 뛰어나가고, 그녀는 숨을
헐떡이며 아이들을 쫓아갈 수밖에 없다.
따라서 이 백화점은 그녀가 갈 수 있는 유일한 장소이다.
이곳에서 그녀는 걸어 다닐 수 있고, 적어도 가족에게
필요한 물건들을 찾아볼 수 있다. 또 아이들을 전부
이곳으로 데려올 수도 있다. 집에 아이들만 남겨두는 것이
좋지 않다고 생각하기 때문에 그녀는 아이들을 전부
이곳으로 데려온다.
이 백화점 안에서 그녀라는 존재는 믿을 수 없는 고난과
도전에 맞서 영웅적인 승리를 거둔 본보기이다. 따라서
그녀가 걸어갈 때마다 백화점에 있는 모든 사람들은
자리에서 일어나 그녀에게 박수를 보내야 한다.

1990년 4월 14일, 나는 뉴저지 주의 하켄섹에 있는 블루밍데일 백화점에서 글을 쓰고 있었다. 그때 특이한 모습을 한 가족이 걸어왔다. 아버지는 후광과 같은 금속 테를 목에 두

르고, 가슴에는 플라스틱 보호대를 하고 있었다. 머리와 목이 제자리에 있도록 받쳐 주는 보조 기구였다. 웃고 있는 두 아이는 이제 막 사춘기로 접어든 듯했다. 둘 다 몹시 두꺼운 안경을 끼고 부모보다 훨씬 검은 피부를 하고 있었다. 예쁜 엄마만이 유일하게 '정상적'인 사람으로 보였다. 내가 그 가족의 아버지에게 무슨 일을 겪었는가를 묻자, 그들은 자신들이 경험한 믿을 수 없는 이야기를 들려주었다.

: 알레타와 빌의 여행

결혼한 알레타와 빌은 아이를 갖고 싶었다. 하지만 빌은 전에 결혼한 적이 있었고, 알레타는 나이가 너무 많았다. 또한 두 사람 모두 오페라 극장에서 노래를 부르는 직업을 갖고 있었다. 그래서 그들은 아이를 입양하는 것이 좋겠다고 생각했다. 그들은 남미 콜럼비아의 보고타에 있는 어느 고아원 아이들의 사진을 보고, 그 아이들을 입양하기로 결심했다. 남편 빌이 아이들을 데려오기 위해 컬럼비아로 갔다. 그들이 입양하려는 아이들은 피터와 비앙카라는 오누이로, 둘 다 선천성 백내장이 있어서 두꺼운 안경을 끼고 있었다.
빌이 두 아이와 함께 공항으로 향할 즈음, 피터가 갑자기 친구들이 보고 싶다고 떼를 썼다. 할 수 없이 빌은 또 한 번의 작별 인사를 위해 아이들을 다시 고아원으로 데려가, 친구들에게 사탕을 나눠 주게 했다. 그제야 아이들은 떠날 마음의 준비가 되었다.

1월 25일, 빌과 아이들은 뉴욕 케네디 공항으로 가는 아비앙카 52편 비행기에 탑승했다. 그런데 도착 시간인 오후 8시를 한 시간이나 지났는데도 비행기가 여전히 하늘을 맴돌고 있었다. 나쁜 날씨와 착륙을 기다리는 다른 비행기들 때문에 착륙이 지연되고 있었다. 빌은 비행기가 급강하할 때부터 잔뜩 신경이 곤두서 있었다. 하지만 비행기 연료가 다 떨어진 줄은 전혀 모르고 있었다.

승객들이 비명을 지르기 시작하고 엔진 소리가 멎으면서 비로소 그는 비행기가 곧 추락하고 있음을 알았다.

그는 소리쳤다.

"하느님, 왜 우리에게 이런 시련을 주십니까?"

곧이어 비행기가 무엇인가에 심하게 부딪치는 것을 느끼면서, 그는 의식을 잃었다.

잠시 후 꿈 속 같은 고요 속에서, 그는 비행기에 난 구멍을 응시하고 있었다. 바람이 그의 얼굴을 세차게 때리고 있었다. 그는 뒤집힌 의자에 거꾸로 매달려 있는 자신을 발견했다. 안전벨트를 풀고 구멍 밖으로 기어나가자, 곧바로 진흙 바닥으로 곤두박질쳤다.

빌은 소리쳤다.

"피터! 비앙카!"

하지만 들리는 소리라고는 오직 비명과 신음소리뿐이었다. 그는 아이들을 찾으려고 몸부림쳤지만 머리와 다리를 움직일 수가 없었다. 조금만 팔을 움직여도 순식간에 온몸으로 극심한 고통이 전해졌다.

그때 누군가 외치는 소리가 들렸다.

"여기 사람이 죽었어요. 또 한 사람은 살아 있구요."

빌은 다급히 구조대원들에게 소리쳤다.

"나도 살아 있어요! 이쪽이에요!"

순식간에 조명이 비춰지고, 짐가방과 떨어져 나간 팔다리, 의자, 옷가지 등이 뒤범벅이 되어 진흙 속에 흩어져 있는 무시무시한 광경이 눈앞에 펼쳐졌다. 한 목사가 나타나 빌에게 마지막 기도를 해주었다. 마침내 빌은 헬리콥터에 실렸다. 그때까지도 그는 입양한 아이들의 생사를 모르고 있었다.

그의 아내 알레타는 공항에서 아이들에게 입힐 겉옷을 들고 초조하게 남편을 기다리고 있었다. 입양 관계자들은 그녀에게 아무 말도 하지 않았다. 마침내 그들은 그녀를 호텔로 데려갔다. 새벽 5시가 되어서야 그들은 남편과 아이들이 추락한 아비앙카 비행기에 타고 있었지만 다행히 무사하다고 그녀에게 전했다. 이 사고로 75명이 죽고, 83명이 살아났다.

알레타는 남편이 입원해 있는 병원으로 가기 위해 택시를 탔다. 그런데 가는 도중에 택시가 고장이 났다. 그녀는 입양을 책임진 사회복지 관계자들과 함께 걸어서 남은 몇 킬로미터를 이동해야만 했다. 마침내 간신히 병원에 도착한 알레타는 남편 침대로 다가갔다. 그녀는 남편의 손을 잡고, 목소리가 들리면 자기 손을 꼭 쥐라고 남편에게 말했다. 그가 아내의 손을 꽉 잡았다. 그러자 그녀는 모든 일이 잘 될 것 같은 느낌이 들었다. 지금 두 아이는 모두 건강하지만, 빌은 아직도 후광 같은 테를 목에 두르고 있다. 그렇다. 그는 신이 축복으로 내려 준 후광을 두르고 있는 것이다.

#5 •
평범한 사람들의 지혜

이따금 내 자신이 현대의 피타고라스가 된 것 같은 느낌이 들 때가 있다. 알다시피 피타고라스는 지혜를 찾아 세상을 방랑한 그리스 철학자이다. 60초 소설가로서 나는 어디든지 갈 수 있고, 누구와도 이야기를 나눌 수 있었다. 사람들이 오가는 길모퉁이, 양로원, 왁자지껄한 파티가 열리는 장소, 호화로운 백화점 등에 가서 평범한 사람들에게 그들이 가진 지혜를 나눠 달라고 부탁할 수 있었다.

결국 나는 4년 동안 대학에서 철학을 전공하면서 배운 것보다 더 많은 것을 그들로부터 배웠다고 말할 수 있다. 세상에 대한 그들의 통찰력은 내가 책에서 발견한 것들보다 훨씬 깊이가 있었다. 말로만 떠드는 지혜가 아니라, 살아 있는 지혜를 그들은 갖고 있었다. 그 지혜는 책에서처럼 추상적인 것이 아니라 매우 구체적이고 철저히 현실적이었다. 어떻게 행복을 발견할 것인가? 도저히 바꿀 수 없는 것들은 어떻게 받아들일 것인가? 어떻게 결혼 생활을 지속시킬 것인가? 어떻게 하면 일보다 가족을 먼저 생각할 수 있을까? 평범한 사람들로부터 배운 그러한 지혜들은 더없이 인상적이고 감동적이었다.

1998년 12월 10일 목요일, 뉴욕 시에서 열린 크리스마스 자선파티에서 나는 60초 소설을 쓰고 있었다. 파티의 모든 장면들이 마치 방금 1950년대에서 튀쳐나온 것 같았다. 누구나 할 것 없이 마티니를 마시고 있었고, 금발과 검은 머리의 처녀 둘이 꽉 끼는 옷을 입고 은쟁반으로 담배를 나르고 있었다.

저녁 시간이 끝나갈 무렵, 나는 수잔이라는 이름을 가진 여성과 이야기를 나누게 되었다. 그녀는 어떤 회사의 비서로 일하고 있었는데, 남편이 직장을 다니지 않아 큰 걱정이라고 말했다. 남편이 그동안 다니던 상점 매니저 일을 갑자기 그만둔 것이다. 사실 그 가게는 그녀가 12년 전 카운터를 볼 때 지금의 남편을 만난 곳이기도 했다. 하지만 그 문제에 대한 그녀의 이야기를 더 들을수록 나는 그녀가 다음과 같은 삶을 살고 있다는 느낌이 강하게 들었다. 그것은 어떤 삶인가?

: 완벽한 삶

존과 수잔은 결혼한 지 9년째 된 부부이다. 존은 패스마크에 있는 상점 매니저로 일주일에 꼬박 60시간씩 일하면서, 집에는 들르지도 못하고, 행복이 무엇인지도 모르는 채 온통 스트레스만 받으면서 때 이른 심장마비를 향해 달려가고 있었다. 그러던 어느 날 그는 갑자기 모든 일을 때려치우겠다고 선언했다.
이보다 더 행복할 순 없었다. 그는 노래를 부르며 잠자리에서 일어난다. 농담이 아니다. 그는 정말로 노래를 부르면서 일어난다. 그것도 아주 초보적인 '산호세로 가는 길을 아시나요' 같은 노래가 아니다. 그는 직접 엉터리 같은 노래들을 작사 작곡한다. 그것도 이탈리아 노래를. 그는 그 노래들이 사랑의 노래라고 주장하지만, 사실은 자기가 무슨 내용의 노래를 부르고 있는지도 알지 못한다. 차라리 화장실 청소 세제의 장점을 찬양하는 노래를 부르는 편이 더 나을지도 모른다. 왜냐하면 그것에 대해선 잘 알고 있으니까. 그러고 나서 그는 음식을 만들거나 자잘한 집안일을 돌보며 하루를 보낸다. 하루 종일 그는 너무도 행복하다.

하지만 아내 수잔은 걱정이 이만저만이 아니다. 무엇보다 돈에 쪼들릴 일이 두렵다.
머지않은 날에 존은 던킨 도너츠나 그 비슷한 가게에서 일하게 될 것이다. 그리고 사람들을 행복하게 하는 일에 자신의 일생을 바칠 것이다. 비록 월급은 얼마 받지 못할지라도. 그리고 매일 저녁 집에 도착하면 그는 아내에게 엉터리 행복의 노래를 불러 줄 만큼 시간과 에너지를 갖고 있을 것이다. 아울러 그녀가 마음의 여유를 갖고 함께 노래 부를 수 있도록 돈도 충분히 벌 것이다.

메릴랜드 주에서 헤스 백화점을 새로 열 때는, 한 여자가 그녀의 엄마가 깨우친 교훈에 대해 들려주었다.

: 신에게 말하는 대신 신의 의견을 물어보라

1950년대 말, 게일과 짐은 남부 지방의 한 소박한 마을에서 살고 있었다. 이들 부부는 5년 동안 행복한 결혼 생활을 했지만, 어찌된 일인지 아이가 생기지 않았다. 그래서 그들은 자신들이 다니는 병원의 입양 신청자 명단에 이름을 올려놓았다. 하지만 의사는 그들 부부 앞에 이미 수백 명의 가정이 대기하고 있으며, 그 마을에는 입양 가능한 아기가 매우 적다고 말했다. 그들은 세상의 그 무엇보다 아이를 원했지만, 끝내 아이 없이 살아야 할 운명인 듯했다.

그러던 어느 봄날, 아내 게일은 친구에게 자신의 슬픈 마음을 털어놓았다. 친구가 물었다.

"하느님께 기도해 본 적 있니?"

"그럼, 우리가 얼마나 아기를 원하는지 수도 없이 하느님께 얘기했어. 하지만 하느님은 우리 기도에 아무 응답도 하지 않았어."

그러자 친구가 말했다.

"나한테 한 가지 생각이 있는데, 하느님에게 네 요구를 말하는 대신 하느님의 생각을 물어보는 게 어떨까?"

그날 밤, 잠자리에 들기 전 게일은 일기를 썼다.

"하느님 아버지, 제가 무엇을 원하는지 오랫동안 당신께 말했습니다. 이제 저는 당신이 무엇을 원하는지 묻고 싶습니다. 우리가 아이를 갖는 것이 당신의 뜻입니까? 정말 그렇다면 더 이상 감사한 일은 없을 것입니다."

봄에서 여름으로, 여름에서 가을로, 가을에서 겨울로 계절이 바뀌었다. 어느 날 밤 남편과 함께 곤히 잠을 자고 있다가, 게일은 깜짝 놀라 잠에서 깨어났다.

"게일!"

누군가 그녀의 이름을 큰 소리로 부르고 있었다.

"게일!"

고요한 어둠 속에서 벌떡 일어나 앉은 그녀는 꿈을 꾼 게 틀림없다고 생각했다. 시계를 보니 새벽 3시 19분이었다. 그녀는 다시 잠자리에 들었다.

다음날 아침 전화벨이 울렸다. 그들의 이름이 적힌 입양 신청자 명단을 갖고 있는 의사였다.

의사가 말했다.

"당신들은 내가 가진 신청자 명단의 259번째에 있습니다. 하지만 다른 가족들은 대부분 나에게 진료를 받는 환자들이 아니고, 단지 내가 입양을 주선한다는 걸 알고 전화한 사람들입니다. 당신들은 이 마을에 살고 있고, 또 좋은 사람들입니다. 그래서 저는 결심을 했는데, 어젯밤에 태어난 작은 여자 아기를 당신들께 드리겠습니다."

게일이 놀라서 물었다.

"어젯밤이오? 아기가 몇 시에 태어났죠?"

의사는 서류를 확인한 뒤 대답했다.

"새벽 3시 19분입니다."

그 순간 게일은 정확히 아홉 달 전에 자신이 하느님에게 했던 질문이 기억났다. 그녀는 하느님에게 자신의 요구를 말하는 대신 아기를 주겠느냐고 물었던 것이다.

체중을 큰 폭으로 줄이고 또 그 몸매를 그대로 유지할 수 있는 사람은 많지 않다. 1993년 1월 30일 열린 어느 파티에서 나는 실제로 그런 사람을 만났다. 그리고 어떻게 그렇게 할 수 있었는지 들을 수 있었다.

: 38킬로그램을 빼고 54킬로그램을 늘리다

제프는 언제나 체중 초과였지만, 언제나 그 사실을 '외면하고' 있었다. 누가 그 얘기를 꺼내기라도 하면 그 사람과는 다시는 말을 하지 않았다. 하지만 스스로도 자신의 몸무게에 대해 기분이 좋지 않았다.

와튼 스쿨을 다닐 때의 일이다. 졸업반이 되기 전 여름. 어느 날 제프는 옷가게에 들렀다가 종업원으로부터 이런 말을 들었다.

"우리 가게에는 당신에게 맞을 만한 옷이 없어요."

제프가 물었다.

"그래도 한번 입어 보면 안 될까요?"

종업원이 말했다.

"안 됩니다."

제프는 큰 충격을 받았다. 지금까지 아버지가 뚱보들을 위한 옷가게에 간다고 놀렸었는데, 이제 자기 역시 정상인들의 옷가게에 못 가게 된 것이다.

그래서 그는 자신만의 다이어트 비법을 개발했다. 다이어트 회사의 도움 같은 것은 필요 없었다. 그에게 필요한 것은 모두 그의 머릿속에 들어 있었다.

그는 하루에 6백 칼로리의 음식만 먹기 시작했다. 아버지도 그렇게 드시게 했다. 엄마가 자기가 원하는 것보다 더 많은 음식을 사 오시는 날에는, 그것이 상추꼭지에 불과하더라도 제프는 엄마에게 50달러의 벌금을 물렸다. 물론 엄마는 한 번도 벌금을 내지 않았지만, 그는 변함없이 엄마에게 벌금을 물렸다.

양 대신 질을 선택하는 법을 그는 배웠다. 그래서 미식가 중의 미식가가 되었다. 마침내 그는 38킬로그램의 살을 뺄 수 있었다.

그 이후 그는 셰리라는 여자를 만났으며, 그녀의 아름다운 미소에 반해 사랑에 빠졌다. 그리고 마침내 그녀와 결혼했다. 그리하여 그녀의 50킬로그램이 그의 인생 속으로 들어왔다.

다음으로 4킬로그램이 브렛이라는 이름을 갖고 그에게로 왔다. 이 아름다운 생명의 선물을 받았을 때 그가 느낀 기쁨의 무게는 어떤 저울로도 잴 수 없었다.

1990년 크리스마스 이브에 나는 동생 마이크와 함께 양로원을 찾았다. 그 양로원은 동생이 사는 메인 주 벨파스트의 해안 마을에 있었다. 동생은 산타클로스 옷을 입고, 나는 크리스마스 노래를 부르기 위해 기타를 갖고 갔다. 또 이야기를 몇 편 쓰기 위해 타자기도 챙겼다. 그날 저녁 가장 기뻤던 일은 랄프라는 노인에게 60초 소설을 써준 일이었다. 그 노인은 당뇨병으로 두 다리를 잃었지만, 인생에 감사하는 마음을 여전히 잃지 않고 있었다.

: 인생은 좋은 것

랄프 와일리는 1926년 3월 20일에 태어났다. 여덟 명의
사내아이와 네 명의 여자아이가 한 집에 살았지만, 그다지
힘든 생활은 아니었다고 그는 기억한다. 아버지는 숲속에
있는 제재소에서 일했다. 랄프가 초등학교 5학년 때, 한
여교사가 랄프에게 밖에 가서 몽둥이를 구해 오라고
시켰다. 교사는 학생 중 한 명을 그 몽둥이로 때리려 하고
있었다.
랄프는 밖으로 나가 몽둥이를 구하긴 했지만, 그것을 들고
교실 안으로 들어가진 않았다. 그 대신 문 앞에 서서 그
여교사에게 말했다.
"정말로 이 몽둥이를 원하시면 선생님께서 직접 오셔서
가져가세요. 왜냐하면 저는 교실로 들어가지 않을
테니까요."
그날로 그의 학교생활은 끝났다. 그는 다시는 학교로
돌아가지 않았다.

랄프는 결혼도 하지 않았다. 형 클리프와 함께 살았다. 그리고 소 50마리와 함께 농장에서 일했다. 나중에는 빈 병과 깡통을 모아서 재활용 센터에 갖다 파는 일을 시작했다.
그의 형이 먼저 세상을 떠나고, 랄프는 당뇨병이 심해져 두 다리를 잘라내야만 했다.
지금 그는 이곳 브레드버리 매놀 양로원에서 산다. 그는 이곳을 좋아한다. 휠체어를 밀고 양로원 이곳저곳을 돌아다닌다. 그는 자신이 멋진 인생을 살았다고 생각하는 행복한 사람이다.
왜 그럴까? 결혼도 안 하고, 학교도 제대로 못 다니고, 나이가 들어 두 다리를 잃고, 양로원에서 살고 있다면 대부분의 사람들은 크게 낙심할 것이다.
왜 랄프 와일리는 자신이 멋진 인생을 살았다고 생각하는 것일까?
그는 말한다.
"난 뭐든지 할 수 있거든요. 내 힘으로 잠자리에 들고, 내 힘으로 화장실에 갑니다. 어제는 내 힘으로 이부자리를 깔았어요."
우리 모두는 스스로 이부자리를 깔고, 또 그곳에 누워 잔다. 랄프는 자신의 잠자리를 너무도 편하게 깐다. 그렇기 때문에 그는 아주 편안히 잠들 수 있을 것이다.

1990년 12월, 크리스마스의 의미를 알기 위해 나는 길을 나섰다. 뉴욕 브루클린의 레드 훅 근처 판잣집에서 집 없는 사람들이 모여 산다는 얘기를 들은 적이 있었다. 그런 곳에 사는 사람들에게는 크리스마스가 어떤 의미로 다가오는지 알고 싶었다.

차를 몰고 다 쓰러져 가는 3층 건물과 기우뚱한 영세민 아파트, 잡화점, 돌들이 널린 공터를 지나쳤다. 하지만 판잣집은 어디서도 찾을 수 없었다. 마침내 길가에 차를 대고 한 중년 부부에게 판잣집이 어디 있는지 물어보았다. 그들은 두세 블록쯤 떨어진 곳의 길모퉁이를 손짓해 보였다.

마침내 그곳에 도착해 차를 세웠지만, 아무것도 보이지 않았다. 공터에는 커다란 쓰레기통 서너 개만 버려져 있을 뿐이었다. 하는 수 없이 차를 돌려 그곳을 빠져나오려는데, 갑자기 한 흑인이 쇼핑카트를 밀고 쓰레기통 안에서 걸어 나왔다. 나는 그가 누군지 알아보기 위해 차에서 뛰어내렸다.

그가 말했다.

"내 이름은 클레멘트요. 난 여기서 삽니다."

나는 도저히 믿기지 않아서 다시 물었다.

"이 쓰레기통 안에서요?"

그러자 그는 쓰레기통 한쪽에 걸린 담요를 걷었다. 통 안에는 침대와 탁자, 접시, 물건을 담은 상자들이 있었다. 모든 것이 내가 사는 답답한 원룸 아파트보다 더 깔끔하게 정리되어 있었다.

내가 물었다.

"이곳에서 사는 게 행복하세요?"

내 질문에 대한 그의 대답이 60초 소설의 제목이 되었다. 그는 자신에 대해 글을 쓰는 것을 너그럽게 허락해 주었다.

⋮나는 지금의 내 생활에 진심으로 만족한다
너무 너무 행복한 것은 아니지만 만족스럽다

클레멘트는 마흔 살의 나이로 쓰레기통에서 산다. 그는 말한다.

"이곳은 내 안식처이고, 나는 그다지 나쁘다고 생각하지 않아요. 네 개의 벽이 있고, 천장과 바닥도 있지요. 유일하게 없는 것은 부엌과 화장실뿐입니다."

클레멘트는 그 말을 하면서 장난스럽게 미소를 지었다. 주름살 없는 그의 얼굴은 그를 더욱 젊어 보이게 한다. 물론 회색빛 턱수염을 빼고 말이다. 클레멘트는 이곳에 있는 쓰레기통 안에서 1년 반이 넘게 살고 있다. 이 쓰레기통은 브루클린의 길모퉁이 외딴 공터에 세워져 있다. 그는 아내와 헤어지고 난 뒤 자신이 집과 같은 편안한 안식처를 별로 좋아하지 않는다는 사실을 알게 되었다. 그 이후로 그는 이곳에서 살고 있다. 그는 마약이나 알코올에 중독된 사람이 아니다.

"내가 가진 유일한 나쁜 습관은 담배를 피우는 것이죠."

클레멘트는 '수집하는 사람'으로 살면서 돈을 번다. 깡통과 빈 병과 값나가는 금속 종류를 찾아다니는데, 현금과 바꿀 수 있는 것이면 무엇이든 모은다. 그는 또 지하실은 물론 사람들이 원하는 곳은 어디든 청소해 준다. 놀랍게도 그는 한 달에 8,9백 달러에 이르는 돈을 벌며, 동생이 그를 위해 만든 통장에 그 돈을 저금한다. 그는 정부 보조금으로 살지 않으며, 앞으로도 구걸은 하지 않을 것이다. 그는 그것이 자존심 문제라고 말한다.

"지금보다 더 편하게 살 수 있다는 것은 나도 알아요. 하지만 지금 내가 살고 있는 방식에 만족해요. 너무 너무 행복한 것은 아니지만 만족해요."

크리스마스가 다가오면서 예수의 기적과 하느님의 은총이 우리를 구원하는 가운데, 우리들 모두는 클레멘트가 자신의 집에서 발견한 만족을 우리들의 집에서도 발견할 수 있을 것이다. 기독교인, 유태교인, 이슬람교인, 무신론자들, 흑인과 백인과 다른 모든 인종들, 남자와 여자, 그리고 파크 애비뉴의 백만장자들과 정부의 생활 보조금으로 살아가는 사람들 모두가 얼마든지 그런 만족을 발견할 수 있을 것이다.

#6.
60초 우화

많은 사람들이 내게 다가와 자신들의 이야기를 들려주었다. 하지만 모두가 심오한 지혜와 감동적인 이야기를 갖고 있는 것은 아니었다. 그들 중에는 무기력한 사람도 있고, 운이 없는 사람도 있고, 대책이 서지 않는 사람도 있었다. 어떤 사람은 어쩌다 사소한 문제에 휘말려 아무것도 해결하지 못하고 있었다.

일대일로 만나 글을 써주는 일은 나를 아주 독특한 위치에 가져다 놓았다. 나는 단순히 그들에 대한 보고서를 쓰기 위해 그곳에 있는 것이 아니었다. 나는 그들을 위해 글을 써야만 했다. 하지만 시카고 음식 축제에서 교훈을 얻은 이후 나는 직설적인 설교로 사람들을 몰아치는 것을 자제했다. 그런 방법 대신 부드러운 이솝우화의 방식으로 글을 썼다. 이솝은 언뜻 보기에 단순하고 재미있는 우화 속에 인생의 가르침을 숨겨놓았다.

내가 60초 우화를 쓰기 시작한 것은 사람들이 자신의 미로에서 빠져나가는 길을 찾고, 사물을 새로운 눈으로 바라볼 수 있게 하기 위해서다. 또한 우화라는 은유적인 방식을 통해 그들이 지금까지 이를 수 없었던 해피엔딩에 한 걸음 다가갈 수 있게 하기 위해서다.

뉴욕 로체스터에 있는 한 쇼핑센터에서 나는 몇 해 동안 밸런타인데이마다 글을 쓰기로 계약을 맺었다. 쇼핑객들에게 그들만의 러브 스토리를 써주기로 한 것이다. 1991년, 크리스타라는 이름의 매력적인 아가씨가 내 앞으로 다가왔다. 그녀는 자신이 스물한 살밖에 안 됐지만 이미 늙어 버린 처녀라고 말했다.

: 늙은 처녀 크리스타

크리스타는 이 생에서 젊을 기회가 그다지 많지 않았다.
아버지는 엄마를 두들겨 패는 난폭한 사람이어서,
두 사람은 크리스타가 어렸을 때 이혼을 했다. 이제

아버지는 크리스타와는 아무 상관없는 사람이 되었다. 그 뒤 크리스타의 어머니는 재혼을 했는데, 지금 다시 이혼 수속을 밟고 있다. 크리스타는 한 남자와 2년간 사귀었다. 하지만 그 남자는 두 사람의 관계를 이끌어 갈 능력이 없었고, 그녀에 대한 사랑도 식어 버려 지난 10월 그녀 곁을 떠났다. 그녀는 지금 두 남자와 데이트를 하고 있지만, 잘 되는 일은 아무것도 없다. 스물한 살밖에 안된 그녀는 자신이 벌써 늙어 버린 것 같은 느낌이 든다. 시간이 남들보다 서너 배는 빠르게 지나가고, 인생이 자신을 그냥 스쳐 지나간다고 그녀는 생각한다.

그녀는 자신의 젊음을 되찾기 위해 의사를 찾아갔다.

"수술을 받고 싶어요."

그녀는 의사에게 간청했다.

"다시 젊어지게 해주세요!"

그래서 의사는 그녀를 수술했다.

그녀의 머리를.

수술에서 깨어난 크리스타는 이렇게 소리쳤다.

"하느님 감사합니다. 난 아직 결혼을 안 했군요! 하느님 고맙습니다. 엄마처럼 형편없는 건달에게 걸려들어 벌써부터 고생하지 않아도 되는군요. 내가 꿈꾸는 남자를 찾아다닐 시간은 너무 많이 남아 있어요! 그 사이에 삶을 즐기며, 자신을 발전시키고, 많은 것을 배우고 경험하고,

세상을 둘러보고, 놀고, 일하고, 재미있게 살 거예요."
의사는 그녀의 태도가 너무도 마음에 든 나머지, 그녀에게
자신과 결혼해 달라고 간청했다.
사람들이 헛간에 묶여 있는 의사를 발견했을 때쯤,
크리스타는 이미 캘리포니아 해변을 향해 달려가고 있었다.

1989년 2월 마지막 주, 나는 인디애나 주 클락스빌에 있는 새로 개장하는 백화점에서 글을 쓰고 있었다. 그때 결혼 생활에서 다시 한번 불꽃을 발견하기를 원하는 마거릿과 하워드 부부를 만났다. 그래서 나는 그들을 위해 다음과 같은 60초 우화를 써주었다.

: 불꽃을 찾아서

마릿과 하워드가 결혼한 지도 33년이 지났다. 하워드는
안경 공장의 공장장으로 일하며 똑같은 일을 33년이나
계속 했다. 마침내 그들의 결혼 생활에서 과거와 같은
불꽃은 전혀 발견할 수 없었다. 그들은 이제 젊은이가
아니었다. 그들의 삶은 더 이상 신선하거나 흥분감 넘치는
것이 아니었다.
그래서 그들은 자신들이 잃어버린 불꽃을 찾기 위해
떠나기로 결심했다.

그들은 먼저 침대부터 살펴보았다.

남편이 물었다.

"불꽃이 보여?"

아내가 말했다.

"불을 꺼 봐요. 그러면 보일지도 몰라요."

남편이 불을 껐지만 불꽃은 보이지 않았다. 그래서 그들은 부엌을 살펴보러 갔다.

아내가 물었다.

"오븐에서 불꽃이 보이지 않나요?"

남편이 말했다.

"그건 점화용 불씨야."

그들은 계속해서 불꽃을 찾아 전 세계를 돌아다녔다. 기자회견도 했다. 잃어버린 불꽃 사진을 우체국에 붙여놓기도 했다. 그것도 긴급 현상수배 사진들 바로 옆에! 인디애나 주의 모든 우유팩에 잃어버린 불꽃을 자세히 설명한 글을 싣기도 했다. 뿐만이 아니었다. 커다란 포스터를 들고 백화점 앞에 서 있기도 했다.

"이런 불꽃을 보신 적이 있나요?"

그들은 지나가는 모든 사람들에게 일일이 물었다.

마침내 그들은 잃어버린 불꽃을 찾기 위해 일본과 하와이, 그리고 버뮤다 삼각지대와 프랑스까지 가야만 했다. 에펠탑 꼭대기도 찾아보았다. 세계의 최고급 호텔을 모두

들어가 샅샅이 살폈다. 제트기와 유람선도 찾아보았다.
하지만 여전히 불꽃은 찾을 수 없었다.
사실 그들은 불꽃을 찾지 못할 것이다. 왜냐하면 남편이 그 불꽃을 지하실에 파묻어 놓았기 때문이다. 그는 그 빌어먹을 불꽃을 다시는 발견하고 싶지 않았다. 그 대신 그 불꽃을 찾아 아내와 함께 전 세계를 돌아다니는 것이 그는 훨씬 더 좋았다.
불꽃을 찾아다니는 일은 정말로 재미있는 일이었다.

1991년 1월 31일, 펜실베니아의 어느 상공인 협회가 주최한 파티에서 글을 쓰고 있는데, 프레드라는 이름의 친구가 다가왔다. 그는 정신없는 크리스마스가 지나가면 평화와 고요를 되찾기 위해, 흩어져 있는 자신의 생각들을 모으고 싶다고 말했다. 나는 그를 위해 다음의 60초 우화를 썼다.

⁝ 자신의 생각을 모으다

프레드의 생각은 흩어져 있었다. 그는 자신의 생각들을 어디서 찾아야 할지 알 수 없었다. 자신이 직원으로 있는 상점 운영을 위해 눈코 뜰 새 없이 살아온 그는 마침내 생각들이 자신을 완전히 떠났다는 것을 깨달았다. 너무도 지쳐 생각들이 그에게서 아예 떠나 버린 것이다.

프레드는 차를 몰고 숲을 향해 떠났다. 시냇물이 졸졸 흐르고, 새들이 지저귀는 조용한 곳이 보였다. 다람쥐 두세 마리가 근처에서 놀고 있었다. 이따금 나뭇잎이 땅으로 떨어져 내리곤 했다.

오랫동안 조용히 앉아있는 그에게 무슨 소리가 들렸다.

부스럭부스럭.

바스락바스락.

생각이었다. 생각이 천천히 그에게 다가오고 있었다. 마른 잎들을 밟으며 아주 천천히 그에게 접근해 오고 있었다. 한 시간쯤 지났을까. 생각 하나가 그의 어깨 위로 껑충 뛰어오르더니 귀에 대고 속삭였다. 곧이어 프레드는 또 다른 생각이 다가오는 소리를 들었다. 그리고 또 다른 생각들이.

생각들은 그에게 말을 걸고, 자신이 아는 모든 것을 말해주었다. 그리고 생각들은 하나도 흐트러짐이 없이 질서 있게 줄을 섰다. 그는 생각을 넣으려고 가져온 신발 상자를 꺼내 생각들을 하나하나 집어넣었다.

마침내 그는 생각들을 다시 모았다. 그는 활기에 차고 새로워진 모습으로 집으로 향했다.

1985년 6월 18일, 라스베가스의 시저스 펠리스 호텔에서 열린 돈 많은 사람들의 파티에서 앤지라는 은퇴한 여자를 만났다. 그녀는 늙는 것이 싫다고 불평을 늘어놓았다. 사람이 나이를 먹어가면 '뭐가 뭔지 다 알게' 되는 것, 그것이 문제라고 앤지는 말했다. 나는 우화를 통해 그녀의 문제를 해결해 줘야겠다고 마음먹었다.

: 뭐가 뭔지 모르게 되다

앤지는 노인으로 태어났다. 그리고 사람들과는 거꾸로, 나이를 먹어갈수록 점점 젊어졌다. 그것은 정말로 기분 좋은 일이었다. 왜냐하면 처음에 노인이었을 때 그녀는 삶에 대해 모든 것을 알고 있었지만, 나이를 먹어갈수록 점점 젊어졌고 마침내 완전히 어린아이가 되었을 때는 뭐가 뭔지 아무것도 모르게 되었기 때문이다.
빨래와 세금처럼 전에 그녀를 괴롭히던 온갖 일들이 어리석고 하나도 중요하지 않다는 것을 그녀는 삶을 통해 배웠다. 때로는 외출해서 파티에도 가고, 휴가 여행을 떠나고, 낭만적인 저녁 식사를 하고, 발가벗고 분수대로 뛰어들고, 때로는 거리 한가운데서 춤을 출 때도 있어야 한다는 것을 그녀는 배웠다.
젊어질수록 그녀는 더욱 밝고 긍정적인 여자가 되었다. 또 늙었을 때처럼 과거를 생각하기보다는 지금 이 순간을 더 가치 있게 여겼다.

하지만 천천히 어린아이가 되는 일의 가장 좋은 점은
무엇보다 살아 있는 것의 단순한 기쁨을 느끼는 일이다.
그녀는 어린아이처럼 뛰어다니고 손뼉을 친다. 오직 삶이
주는 순수한 기쁨 때문에 노래를 부르고 웃음을 웃는다.
그런 것들도 모르고, 처음 노인이었던 시절에 그녀는
빨래와 세금을 걱정했었다.

1984년 10월 6일, 뉴욕 맨해튼의 남부 항구 거리에서 나는 닉이라는 다소 냉소적인 컴퓨터 프로그래머를 만났다. 그는 자신이 '시스템'에 반대한다고 말했다. 자신을 제외한 세상의 모든 사람이 순종적으로 살아가고 있다고 그는 믿고 있었다. 그에게 나는 다음의 우화를 써주었다.

: 유니버스 2.0

닉은 텍사스 주 오스틴에 살고 있는, 불만으로 가득한
컴퓨터 프로그래머였다. 그는 시스템에 반대했다. 도시에
사는 모든 젊은 전문가들을 모조리 싫어했다. 순종적인
사람들은 누구나 싫어했다. 회색 양복과 회색빛 마음도
싫었다.
그래서 그는 우주의 근본 설계에 관련된 컴퓨터
프로그램을 만들었다. 세상을 운영하는 프로그램도 다시

만들기 시작했다. 자신의 새로운 프로그램에 그는 '유니버스 2.0'이라는 이름을 붙일 계획이었다.
그 프로그램이 작동하면 모든 사람이 소시민적이고 이기적으로 살아가는 대신, 정열적이고 대담하게 행동할 것이다.
모든 사람이 회색빛 순응주의자가 되는 대신, 자신의 정체성과 개성을 발견하려고 노력할 것이다.
생각 없이 쇼핑이나 다니고 욕망에 이끌려 살아가는 중산층이 되는 대신, 세상의 모든 사람이 평화와 사랑, 그리고 삶에 대한 이해를 얻기 위해 살아가리라.
그런데 한 가지 문제가 생겼다. 그의 프로그램에 몇 가지 오류가 생긴 것이다. 그것은 모든 사람에게 우월감을 느끼는 닉의 성격에 치명적인 상처를 안겨 주었다.
유니버스 2.0이 세상에 나오려면 아마도 몇 주일 더 기다려야 할 것이다.

#7.

첫눈에 반한 연인들

대부분의 사람들은 첫눈에 누군가와 사랑에 빠진다는 말을 의심한다. 첫눈에 성적인 욕망은 느낄 수 있겠지만, 눈 깜박하는 사이에 영원한 사랑을 느낀다? 너무 순진한 생각이라는 것이다. 나 또한 그런 것을 믿지 않았지만, 자신들에게 실제로 그런 일이 일어났다고 주장하는 연인들을 서너 명, 수십 명, 마침내 수백 명을 만나면서부터 생각이 달라졌다.

실제로 내가 만나는 스무 쌍 중 한 쌍이 자신들이 첫눈에 반했다고 말한다. 이런 연인들은 마치 무리지어 다니는 것 같다. 어떤 파티에선 4분의 1에 이르는 연인들이 자신들이 첫눈에 사랑에 빠졌다고 주장했다. 내가 회의적인 반응을 보여도 그들은 주장을 굽히지 않았다. 또한 그들은 그 일에 대해 하나도 빠뜨리지 않고 자세히 얘기해 주려고 애를 썼다.

첫눈에 사랑을 느낀 연인들을 누구보다 많이 만나 본 사람으로서 나는 그것이 실제로 가능한 현상일 뿐 아니라, 그 현상 속에는 우리가 배워야 할 무엇인가 중요한 교훈이 있다고 믿는다.

먼저 이들 연인들은 단지 순간적인 사랑만을 느끼는 것이 아니다. 그것은 십대 아이들이 갑자기 무엇인가에 빠져드는 것과는 다르다. 첫눈에 사랑을 느낀 거의 모든 연인들은 서로 만난 지 몇 분 또는 몇 시간도 안 돼 자신들이 바로 이 사람과 결혼해 영원히 함께하리라는 것을 알 수 있었다. 때로는 사람들로 북적대는 홀을 가로질러 또는 열린 문 사이로 서로의 눈길이 마주치는 순간 그들은 그것을 알 수 있었다. 어떻게, 그리고 왜 그것을 알게 되는지는 모르지만. 그 사랑은 너무도 사소한 것으로부터 시작되었기 때문에 이성적으로는 도저히 설명할 길이 없다.

하지만 한 가지 설명은 가능하다. 우리들 대부분이 늘 의존하는 이성적인 마음은 인생의 '큰 그림'을 보기에는 너무 어리석다는 것이다. 논리는 사물을 작은 조각들로 쪼개어, 좁은 방에 가둬 놓는 데는 말할 수 없이 훌륭한 능력을 발휘한다. 그러나 삶에서 일어나는 눈에 보이지 않는 수많은 불가사의한 일들, 이를테면 영원한 사랑에 빠지거나, 자신이 진정으로 원하는 직업을 선택하거나, 60초 동안 한 사람의 인생 이야기를 써주는 일에 있어서는 논리가 거의 쓸모없다.

1804년 영국 시인 윌리엄 블레이크가 첫눈에 느끼는 사랑이나 60초 소설을 생각하며 다음과 같은 시를 썼는지는 알 수 없지만, 그 의미는 일치한다고 나는 믿는다.

모래알 하나에서 세상을 본다
들에 핀 한 송이 꽃에서 우주를 본다
손바닥 안에서 무한을 붙잡고
한 시간 속에서 영원을 붙잡으라

이 장에서 내가 소개하는 이야기들은 인간이 한 시간 또는 한순간 속에서 영원을 붙잡는 비범한 능력을 갖고 있음을 잘 보여 준다. 하지만 그렇다고 해서 내가 상식을 거부하는 사람이라고 여기지는 말아 달라. 충동적인 사랑에 빠져 결혼도 안 하고 부모가 된 10대 아이들도 나는 많이 만났다. 정말로 중요한 것은 두 사람이 순간적으로 사랑에 빠지는 것이 아니라, 오래도록 변함없이 사랑하는 일이다.

첫눈에 반한 사랑이 오래도록 변치 않으리라는 것을 어떻게 알 수 있을까? 어떤 근거에서 사람들은 단지 순간적인 느낌일지도 모르는 감정을 따르기로 결심하는 것일까?

유후를 창립한 회사가 1989년 개최한 파티에서 나는 테리 케스터라는 영업 이사를 만났다. 그는 자신이 느낀 '짜릿한 전율'에 대해 들려주었다.

그는 말했다.

"축구 경기에 돈을 걸 때 뱃속에서 이상한 느낌, 다시 말해 짜릿한 전율을 느끼면 반드시 이긴다는 것을 난 알고 있었어요. 내가 그것을 마지막으로 느낀 것은 1980년 5월 19일이었습니다. 자메이카에서 휴가를 보내고 집으로 돌아오는 길이었죠."

그의 이야기를 듣고 나는 다음의 글을 썼다.

: 짜릿한 전율

테리는 식어 가는 사랑을 되살려 보려고 여자친구와 함께
자메이카로 휴가를 갔다. 하지만 별 의미 없이 마지막 날을
맞이해야만 했다. 이제 끝났다는 것을 그는 알고 있었다.
여자친구와 공항으로 가는 버스에 오르던 그는 어떤
여성을 보게 되었다. 큰 키에 거무스름한 피부를 가진
매력적인 그녀를 보는 순간 그는 짜릿한 전율을 느꼈다.
비행기에 오른 뒤, 그는 화장실에서 나오는 그녀를 만났다.
그는 "우린 잘 어울리는 한 쌍이 될 수 있을 겁니다"라고
그녀에게 불쑥 말했다. 그로서는 가장 멋진 말을 골라 한

것이었다. 하지만 날씨가 사나워지면서 두 사람은 자리에 앉아 있어야만 했다. 그는 그녀의 이름이 바버라이며 펩시콜라 회사에서 일한다는 것 외에는 아무것도 알지 못한 채 집으로 돌아왔다. 그래서 그는 신문에 다음과 같은 광고를 냈다.

'바버라 - 자메이카에서 돌아오는 아메리칸 에어라인 비행기 안에서 만났음. 연락하고 싶음. 유후사에서 일하는 테리에게 전화 바람'

한편으로 그는 친구를 통해 펩시 회사에서 일하는 바버라라는 이름을 가진 모든 여자의 명단을 구할 수 있었다. 전부 스물여섯 명이었다. 다행히 그녀가 이탈리아인이라는 것을 알고 있었기 때문에 그 중 절반은 추려낼 수 있었다. 첫 번째 여자에게 전화를 걸자, 그 여자는 이렇게 말했다.
"신문에 광고를 낸 분이시군요? 나는 당신의 바버라가 아니에요. 하지만 솔직히 내가 그 여자라면 좋겠네요. 우리 사무실 사람들이 다들 당신의 광고에 대해 얘기하고 있어요. 행운을 빌어요! 전화를 바꿔 드릴게요."
'자신'의 바버라에게 전화가 연결되자 그는 왜 광고를 보고 연락하지 않았는지 그녀에게 물었다.

그녀가 말했다.

"당신이 엉뚱하고 이상한 괴짜일지도 모른다고 생각했기 때문이에요."

그리고 한 달이 넘도록 그와 만나 주지 않았다. 하지만 마침내 그녀가 마음의 빗장을 풀고 첫 데이트의 문을 열어 주자, 테리는 그녀가 충분히 공들일 가치가 있는 여자라는 것을 알 수 있었다.

그들은 이제 결혼 8년째를 맞고 있으며 더없이 행복한 나날을 보내고 있다. 짜릿한 전율은 절대로 무의미한 느낌이 아니었던 것이다!

10년 뒤 이 책을 준비하며 테리와 바버라에게 연락을 했다. 그들은 여전히 아들 딸과 함께 행복하게 살고 있었다. 바버라는 테리가 처음 만난 날과 다름없이 지금도 여전히 낭만적인 괴짜라고 귀띔해 주었다. 다음은 테리가 신문에 낸 원래의 광고문이다.

바버라 - 뉴욕의 펩시 콜라 구매부에서 일함. 5월 19일 자메이카에서 돌아오는 아메리칸 에어라인 비행기 안에서 우연히 만났음. 유후에서 일하는 테리에게 꼭 연락 주기 바람.

1991년 6월 8일, 맨해튼의 어느 스튜디오에서 열린 파티에서 일사와 알렌이라는 이름의 부부를 만났다. 그들은 자신들의 경험한, 거짓이 조금도 섞이지 않은 실화를 들려주었다.

: 그들은 지하철 6호선에서 만났다

어떤 사람들은 그것을 지하철 6호선이라고 부른다. 일사와 알렌은 그것을 '사랑의 지하철'이라고 불렀다.
일사라는 이름을 가진 그녀는 알렌이 이름을 릭으로만 바꾸었어도 카사블랑카에 있었을 것이다. 하지만 정말 그가 이름을 바꾸었다면, 그들이 탄 기차는 독일인들이 행진해 들어오는 파리에 있었을 것이다. 그리고 음산한 비가 내리고 수증기가 자욱이 피어오르는 가운데, 그는 기차에 오르는 계단에 서서 일사를 기다리고 또 기다리지만 결국 만나지 못했을 것이다. 단지 슬픔에 젖어 쓸쓸한 미소만 지은 채로.
그러나 그의 이름은 알렌이었고, 그래서 그들은 뉴욕 125번가에 있는 지하철 6호선에서 만났다.
그런데 한 지하철 차량에 실수로 다른 행선지가 적힌 표지판이 붙어 있었다. 일사는 낯선 남자이지만 인상 좋은 알렌에게 다가가 물었다.
"이 지하철이 59번가에 서나요?"

지하철이 그곳에 서지 않는다는 것을 알고 있으면서도 알렌은 이렇게 대답했다.

"물론이죠. 어서 타세요."

그래서 그녀는 기차에 올랐다. 그들이 함께 기차에 오르는데 알렌이 불쑥 말했다.

"말이 나온 김에 말인데 나와 결혼해 주시겠어요?"

"예? 뭐라고 하셨죠?"

일사가 고개를 갸우뚱하며 물었다.

알렌이 겸연쩍게 말했다.

"아니, 아무것도 아닙니다."

알렌과 따로 앉은 그녀는 자료를 들춰 보면서 자신이 공부하고 있는 프로이트의 '터널 속의 기차'라는 개념에 대해 생각했다. 그런데 웬일인지 낸시라는 연기자가 나오는 '삼십대 사람들의 이야기'라는 텔레비전 드라마의 한 장면이 줄곧 떠오르는 것이었다. 그 드라마에서 낸시의 엄마는 지하철에서 우연히 한 남자를 만나 그에게 깊은 호감을 느끼지만 단지 '안녕히 가세요'라는 인사밖에 하지 못한다. 나중에 낸시는 엄마에게 핀잔을 준다. '엄마가 꿈에 그리던 남자를 만났는데, 그 사람 전화번호도 알아 놓지 않았다니 말이나 돼요!'

영영 기회를 잃어버리는 그 장면이 순간 일사의 마음을 흔들고 지나갔다. 그녀는 지금 하지 않으면 결코 기회는 없다는 것을 알고 있었다. 그래서 지하철이 지상으로 올라가며 햇빛이 환하게 비쳐오는 순간, 그녀는 알렌에게 다가가 말했다.

"책을 읽는데 똑같은 줄을 열 번도 넘게 읽고 있었어요. 결혼식은 언제죠?"

결혼식은 1991년 9월 15일이었다. 그들이 만난 지 꼭 1년 2개월 되는 날이었다.

'카사블랑카'가 무슨 필요가 있단 말인가? 그들에게는 지하철 6호선이 있다. 세상의 어떤 낭만적인 영화도 알렌과 일사의 진정한 러브 스토리에 비하면 별것 아닌 것이다.

8년 뒤 이 책을 준비하면서 간신히 그들을 찾을 수 있었다. 일사가 내게 말했다.

"당신이 써준 60초 소설을 우리 결혼식에서 읽었어요."

그동안 어떻게 지냈느냐는 내 물음에 그녀는 말했다.

"그 뒤로 길고 복잡한 세월이 이어졌지요. 우리는 사내아이를 낳았는데 그 아이는 지금 다섯 살 반이에요. 그 다음에는 여자아이와 남자아이 쌍둥이를 낳았어요. 두 번째 남자아이는 몹시 커다란 문제를 안고 태어났어요. 그날 아침 지하철에서 나와 알렌이 서로에 대해 발견한 감정은 진실이었어요. 하지만 우리가 행복한 마음으로 해가 지는 쪽으로 내리지 못한 것은 분명해요. 특별한 보호가 필요한 장애아를 둔 부부들은 대체로 함께 살지 못한다고 하더군요. 아이가 없었을 때 우리는 참 좋게 지냈죠. 아이가 하나 있을 때도 괜찮았어요. 그런데 쌍둥이가 태어나자, 그것도 한 아이에게 큰 문제가 있자 모든 것이 말할 수 없이 힘들어졌어요."

그들의 이야기는 어떻게 끝날 것인가?

일사가 대답했다.

"우리는 이 일을 잘 극복해 낼 거라고 생각해요. 물론 쉽지는 않겠지만 말예요."

결혼에 대해 이보다 더 적당한 표현이 또 있겠는가?

1992년 4월 4일 오후, 뉴저지에서 열린 한 파티에서 나는 도나라는 이름의 여자를 만났다. 도나는 직접 듣지 않았다면 도저히 믿을 수 없을 법한 이야기를 들려주었다. 파티에 참석한 다른 사람들도 그녀의 이야기가 실화라고 말했다. 신기하게도 그녀의 이야기에는 일사와 알렌의 이야기처럼 "결혼식은 언제죠?"라는 질문이 들어 있었다.

: 꿈에서 본 연인

도나 실버맨은 사회사업가가 되기 위해 세인트 루이스의 워싱턴 대학원에 다니고 있었다. 그녀는 귀여운 여자였지만 아직 자신의 사랑을 발견하지 못하고 있었다. 웬일인지 그녀에게는 사랑의 감정이 전혀 생기지 않았다. 아마도 그녀가 너무 심각하고, 사회사업가로서 언제나 인간의 고통에 대해 생각하기 때문인 듯했다.

어느 날 수업 시간에 그녀는 공부의 한 방법으로 최면에 걸리게 되었다. 최면에 걸리자 수영장에 앉아 있는 자신의 모습이 보였다. 그때 턱수염을 기른 갈색 피부의 남자가 헤엄을 쳐서 그녀에게 다가오더니 이렇게 말하는 것이었다.

"나는 당신에게 어울리는 완벽한 남자입니다. 때가 되면 우리는 만나게 될 것이오."

몇 달 뒤 도나는 여자 친구의 아파트에 가서 놀고 있었다. 친구가 뜨개질을 하는 동안 도나는 별 생각 없이 친구의 로드 아일랜드 대학 졸업 앨범을 넘기기 시작했다.

그러다가 도나는 갑자기 비명을 질렀다.

"이럴 수가! 바로 이 사람이야!"

그녀는 졸업 앨범에 있는 사진 하나를 가리키며 말했다. 그는 갈색 피부에 턱수염을 기른 남자로 이름은 래리 스텐바흐였다.

"내가 최면에 걸렸을 때 본 바로 그 남자야!"

친구는 그 남자에게 편지를 보내 보라고 용기를 북돋아 주었다. 1980년 1월 1일 도나는 편지를 썼다.

"어느 날 꿈속에서 낯선 남자가 내게 나타났어요. 나는 그 일에 별로 신경 쓰지 않았어요. 그런데 얼마 전 로드 아일랜드 대학의 졸업 앨범을 보다가 당신의 사진을 발견한 거예요. 내 말이 너무 바보같이 들리겠지만 꿈속의 남자가 바로 당신이란 걸 알게 되었어요. 당신은 도대체 내 꿈 속에서 무얼 하고 있었나요?"

2,3주 뒤 답장이 왔다.

"내가 당신의 잠재의식 속에 무단침입한 일을 고백하기 전에, 정확히 해두고 싶은 게 몇 가지 있습니다. 무엇보다 당신 꿈속에서 내가 무엇을 하고 있었나요? 기차가 도착하려는 순간 선로에서 비명을 지르는 당신을 아슬아슬하게 구해내고 있었나요? 아니면 선로에 당신을 꽁꽁 묶은 악당이 바로 나였나요?"

그의 재치 있는 유머 감각을 보면서, 도나는 그가 자신의 남자라는 것을 알 수 있었다.

그들은 그해 여름 내내 편지를 주고받았다. 그때 도나는 몇 명의 친구들과 어울려 세인트 루이스에서 오리건까지 자전거 여행을 하고 있었다. 그는 거의 매 주마다 그녀가 다음에 도착할 지역의 우체국으로 편지를 보냈다. 그녀는 자전거 페달을 밟으며, 그들의 결혼식을 계획했다. 아직 그 남자를 한 번도 만나 보지 않은 상태에서.

마침내 8월 자전거 여행이 끝나자 그녀는 비행기를 타고 세인트 루이스로 돌아갔다. 그리고 다시 차를 몰고 보스턴을 향해 떠났다. 친구와 함께 보스턴으로 이사할 계획을 갖고 있었기 때문이다. 보스턴으로 가는 길에 그녀는 드디어 래리 스텐바흐를 만나기 위해 뉴저지에 들렀다.

그녀가 눈으로 직접 본 그는 기대했던 것보다 훨씬 괜찮은 남자였다. 정말로 그는 그녀가 꿈에 그리던 남자였다.

그제야 그녀는 최면에 걸렸을 때 그가 자신에게 다가와 한 말에 대해 얘기해 주었다.

그녀가 이야기를 마치자 래리가 말했다.

"그러면 결혼식은 언제죠?"

그녀가 8월 22일 금요일 그에게 나타났기 때문에 그들은 정확히 1년 뒤인 1981년 8월 22일 토요일에 결혼했다. 이제 그들의 결혼 생활도 10년이 넘었고, 아이들도 셋이나 태어났다. 그리고 그 모든 것이 마치…… 최면에 걸린 것과 같았다.

1985년 6월 15일, 나는 뉴욕 맨해튼 콜럼버스 애비뉴의 늘 앉는 자리에서 글을 쓰고 있었다. 그때 푸른 눈을 가진 금발의 남자와 사슴 같은 눈을 가진 아름다운 여자가 다가왔다. 두 사람의 이름은 브루스와 나스린이었다. 그들이 내게 들려준 이야기는 도저히 믿을 수 없는 내용이어서, 나는 그들에게 240초 소설을 써주었다.

⋮ 우리는 세상을 상대로 싸웠다

배낭을 메고 전 세계를 여행하던 브루스는 1978년
아프가니스탄 카불에 도착했다. 공산주의 쿠데타가 일어난
지 이삼 주밖에 지나지 않은 때였다. 어느 날 여대생들에게
길을 묻던 브루스는 자신도 모르게 나스린이라는 아가씨의
눈을 가만히 바라보게 되었다. 그녀의 아름다운 갈색 눈도
너무나 진실하고 순수하게 그를 바라보고 있었다.
단지 한 순간에 불과했지만, 처녀들이 떠난 뒤에도
브루스는 마치 동상이 된 것처럼 그 자리에 서 있었다.
어처구니없게도 그는 한 번 보고 사랑에 빠진 것이다. 그날
이후로 그는 심한 사랑의 열병을 앓기 시작했다.
그는 가는 곳마다 나스린을 찾았다. 그녀가 눈에 띄면
걷기도 하고, 버스나 자전거를 타고서 그녀를 뒤쫓아 갔다.
물론 그것은 희망 없는 행동이었다. 그녀가 믿는
이슬람교는 남녀 간의 데이트를 무조건 금지하고 있었기
때문이다. 더구나 새로 들어선 공산주의 정부는 미국인과는
어떤 접촉도 허용하지 않았다. 그에게는 엎친 데 덮친
격이었다.
그녀를 따라다닌 지 두세 달이 지난 어느 날, 브루스는
그녀 외에는 아무도 없는 거리에서 나스린에게 다가가
잠깐 이야기를 나눌 수 있었다. 그녀의 가족을 한

번만이라도 만나고 싶다는 그의 간청에 그녀는 집 전화번호를 가르쳐 주었다. 그후 이삼 주 동안 그는 날마다 그녀의 집에 전화를 걸었다.

마침내 그녀는 이슬람교 휴일에 그를 집으로 초대했다. 아프가니스탄 가족이 미국인과 함께 있는 것을 사람들에게 들키면 위험하기 때문에, 그는 어둠을 이용해 뒷문으로 살짝 들어가야만 했다. 그 당시 카불에서 그토록 위험한 방문을 시도한 사람은 아무도 없을 것이다.

나스린의 아버지는 유럽에서 교육을 받은 대학 교수였다. 그는 사랑하는 자녀들의 부탁을 거절하지 못하는 정이 넘치는 사람이었다. 브루스는 저녁 내내 여자의 가족들과 함께 이야기를 나누었다. 그러다 아주 잠깐 나스린과 단 둘이 남게 되었다. 브루스는 자신의 마음속에 있는 감정을 나스린에게 전하려고 했지만, 적당한 단어들이 생각나지 않았다.

다음날, 자신의 마음을 고백하기로 결심한 브루스는 그녀의 집에 편지를 전했다. 그리고 그날 밤 나스린에게 전화를 걸어 물었다.

"내 편지를 읽었나요?"

나스린이 말했다.

"우리의 문화적인 차이 때문에 당신이 말하는 것은 불가능해요. 아버지도 결코 허락하지 않을 거예요."

브루스가 다급하게 말했다.
"내 종교가 문제가 된다면 내가 이슬람교로 개종을 하겠소. 그리고 당신이 나를 따라 조국을 떠나야 하는 것이 문제라면, 내가 이곳에서 살겠소. 당신이 무엇을 원하든지 그렇게 하겠소. 그런데 무엇이 불가능하단 말이오?"
브루스의 말에 깊은 감동을 받은 나스린은 그의 초대를 받아들여 그가 사는 아파트로 갔다. 그날 밤 그는 그녀에게 목걸이를 선물하고, 그녀의 뺨에다 입맞춤을 했다.
처음으로 그녀는 가족 아닌 다른 사람으로부터 키스를 받은 것이다. 집으로 돌아가면서 그녀는 뺨에 손을 갖다 대었다가 그 손을 다시 입술로 가져갔다.
이런 식으로 그들의 비밀스러운 사랑은 시작되었다. 그들은 뒷골목으로 숨어 다니며 만났고, 한 시간의 만남을 위해 이삼 주 동안 궁리해야만 했다. 마치 로미오와 줄리엣처럼 그들은 가족과 사회에 저항하려는 음모를 꾸몄다. 브루스는 오직 나스린과의 만남을 계획하고 준비하는 일에만 온 존재를 바쳤다. 그들은 세상과 맞서 싸우고 있었다.
그러는 사이에 브루스의 비자 기간이 끝났다.
공산주의자들이 비자를 연장해 주지 않으리란 걸 알고 있었기 때문에, 브루스는 나스린의 아버지에게 편지를 써서 결혼을 허락해 줄 것을 부탁했다. 물론 그녀의 아버지는 그의 청을 거절했다. 브루스는 거리에서 그녀의 아버지를 따라가며 사정했다.

그녀의 아버지는 단호하게 말했다.

"내 딸과 결혼하려는 생각은 잊어버리게. 그건 위험한 일이야. 달라진 건 아무것도 없네. 잘 가게."

미국으로 돌아가기 전날 밤 브루스는 나스린에게 말했다.

"날마다 당신의 편지를 기다리겠소. 당신이 연락을 하지 않으면 난 자살해 버릴 거요."

나스린이 말했다.

"내가 왜 연락을 안 하겠어요? 당신이 내 남편이 될 것이라고 난 굳게 믿어요."

"나를 위해 말을 꾸며대고 있군요. 그건 불가능한 일이오."

학교를 마치기 위해 2년간 공부하는 동안 브루스와 결혼하겠다는 나스린의 의지는 더욱 강해졌다. 그녀는 동생들과 함께 소비에트 체제로부터 망명하게 해달라고 아버지에게 간청했다. 자유를 위해 싸우는 전사들과 함께 먼저 파키스탄으로 망명했다가 다시 미국으로 건너가겠다고 그녀는 말했다. 아버지는 딸의 요청을 받아들이지 않았다. 그러자 나스린은 아버지가 차마 묵살하기 어려운 말을 했다.

"아버지가 저를 보내 주시지 않으면 전 절대로 행복할 수 없을 거예요."

아버지는 무거운 마음으로 입을 열었다.

"네가 행복할 수 있다면, 가거라."

나스린은 동생들을 데리고 결국 죽음을 맞이하거나 감옥에 갈 것이 뻔한 망명길에 올랐다. 트럭 뒤에서 담요로 몸을 가린 채 그들은 사막을 지나고, 강을 건너고, 산을 넘었다. 3일이면 끝날 것으로 생각했던 여행이 끝없이 계속되었다. 살을 에는 추위가 일주일이 넘게 이어지고, 음식도 물도 다 떨어졌다. 나스린은 동생들의 눈이 움푹 패인 것을 볼 수 있었다. 그 눈에는 죽음에 대한 공포가 드리워져 있었다.

마침내 파키스탄으로 넘어갔지만, 그들을 기다리고 있는 것은 망명자 수용소였다. 그곳에서 1년을 기다린 뒤에야 파키스탄 정부는 나스린이 미국에 있는 삼촌을 만날 것을 허락해 주었다. 브루스를 마지막으로 본 지 꼭 3년 만에 그녀는 뉴욕 퀸스에 있는 어둡고 답답한 아파트 지하실에 도착했다.

그리하여 꿈처럼 그들은 다시 만났고, 맨해튼의 한 식당에서 비싸지 않은 가벼운 음식으로 함께 식사를 했다. 너무 많은 시간이 지나 그들은 마치 낯선 사람과 함께 있는 것처럼 느껴졌다. 아프가니스탄에서의 스릴 넘치는 비밀스러운 사랑도 이미 지난 일이라는 것을 숨길 수 없었다. 더 이상 세상에 대항해 싸울 필요가 없는 상황에서도 사랑은 살아남을 수 있는 것일까?

그들은 두세 번 더 만났다. 그러면서 서서히 카불에서는 알지 못했던 서로의 새로운 모습을 발견하게 되었다.

그렇다. 그들의 사랑은 진정한 것이었다. 그들은 다시금 서로에 대한 사랑을 확인할 수 있었다. 그리고 지금의 사랑은 낭만적인 집착이 아니라 친절함과 자비심과 호의에 바탕을 둔 사랑이었다. 물론 두 사람의 아름다운 눈도 빼놓을 수 없을 것이다.

나스린과 브루스는 세 번 결혼식을 했다. 첫 번째는 일반적인 결혼식이었고, 다음은 이슬람식, 그 다음은 기독교식 결혼식이었다. 목사가 브루스의 부모 집에서 마지막 결혼식을 거행할 때, 나스린은 흐르는 눈물을 감추지 못했다. 가족과 친구들에 둘러싸인 브루스는 그때가 되어서야 비로소 실감할 수 있었다. 지구를 반 바퀴 돌아 온 검은 눈의 여자와 진짜로 결혼했다는 것을.

내가 브루스와 나스린을 만난 저녁은 그들이 첫 번째로 치른 결혼기념일이었다. 그날을 기념하기 위해 그들 부부는 저녁 외출을 한 것이다. 그들은 이제 결혼한 지 14년이 되었고, 아들도 두 명이나 두었으며, 지금도 서로를 깊이 사랑하고 있다. 하지만 그들은 나스린의 부모와 언니들을 걱정하고 있다. 그녀의 가족들은 현재 이슬람교 근본주의자들이 통치하는 파키스탄에 살고 있다. 혹시 모를 가족들에 대한 보복을 막기 위해 나스린은 내 책에 그녀와 브루스의 본명을 밝히지

말 것을 부탁했다. 나는 기꺼이 그렇게 해주었다.

1987년 2월 7일, AM&A사의 버팔로 백화점에 초대받은 나는 고객들에게 밸런타인에 얽힌 러브 스토리를 써주고 있었다. 그날 하루 마흔두 편의 이야기를 썼는데, 세 곳의 텔레비전 뉴스 제작팀이 그 광경을 촬영해 갔다. 그보다 이틀 전인 2월 5일에는 펜실베니아의 알렌타운에 있는 헤스 백화점에서 단 하루에 무려 예순네 편의 글을 썼다. 버팔로 백화점에서 긴 하루를 보낸 뒤 마지막으로 쓴 글이 어느 은퇴한 노부부의 이야기이다. 대게 다가온 노부부는 부드러운 말투로 옛날식 러브 스토리를 들려주었다.

: 사진 한 장

1944년 가을 2차 세계 대전에 참전해 프랑스에서 싸우던 빌 맥멀렌은 고향에서 온 신문을 한 장 받았다. 신문에 실린 고등학교 졸업생 사진을 보고 있는데 게리라는 이름의 소녀가 눈에 띄었다. 그가 살던 매사추세츠의 작은 마을에서는 못 보던 새로운 얼굴이었다.

그는 생각했다.

"정말 예쁜 아가씬데. 어디 사는 누구지?"

사진 속 얼굴은 그에게 뭔가 다른 느낌을 주었다. 그는 사진을 오려 지갑 속에 넣었다. 빌은 게리에 대한 자신의 감정을 설명할 수 없었지만, 그녀의 사진을 갖고 있으면 어쩐지 전쟁에서 살아남을 수 있을 것만 같았다.

어처구니없게도 그는 한 번도 만난 적이 없는 여자에게 반한 것이다.

빌의 부대가 벨기에로 갔을 때는 그곳에 사는 보석상의 딸이 그를 사랑했다. 하지만 빌은 자신이 게리와 맺어질 운명임을 마음속 깊이 느끼고 있었다.

전쟁이 끝나 집으로 돌아온 지 며칠 만에 드디어 빌은 약국에서 그녀를 만났다. 그리고 그녀에게 자신을 소개했다. 그날 밤 빌은 그녀에게 전화를 걸어 고등학교 선배 환영식에 함께 가줄 것을 부탁했다.

그녀가 말했다.

"엄마에게 허락을 받아야 돼요."

빌은 속으로 생각했다.

'이런 풋내기가 있나.'

하지만 그녀가 다시 수화기를 들고 좋다고 말하자 빌의 마음은 금방 행복해졌다.

그들이 함께 춤을 출 때, 그녀의 몸은 그의 팔에 알맞게 들어왔다. 그녀는 그의 발을 많이 밟지도 않았다. 그래서 빌은 이런 생각이 들었다.

'내 여자가 맞는 것 같은데.'

그녀에게 부드럽게 굿나잇 키스를 하면서, 빌은 그녀가

자기 여자라는 것을 확신할 수 있었다.

다음날 저녁, 두 사람은 친구 조지의 차 뒷자리에 앉아 있었다. 또 한 번의 댄스파티가 끝나고 조지가 그들을 집에까지 데려다 주는 중이었다. 빌은 고개를 돌려 게리를 바라보며 말했다.

"정말 당신을 오래전부터 알고 있었던 것 같군요."

게리가 대답했다.

"나도 당신을 오래전부터 알고 있었던 것 같아요."

빌이 말했다.

"벨기에에 있을 때 다이아몬드 보석상의 딸과 사귀었어요. 그녀의 아버지는 내가 자신의 딸과 결혼할 거라고 생각했지요. 하지만 난 그렇게 하지 않았어요. 계속 당신 사진만 생각하고 있었지요. 벨기에를 떠날 때, 그녀의 아버지가 내게 다이아몬드를 두 개 주었어요. 그것을 당신께 주고 싶군요. 나와 결혼해 주겠어요?"

엄마의 허락을 받지도 않았지만 게리는 "좋아요"라고 대답했다. 45년이 지난 뒤 지금 그녀는 그 이유를 이렇게 설명한다.

"어떤 일들은 순간적인 충동으로 저지르지만, 그때를 돌이켜보면 그렇게 하기를 잘 했다고 생각이 돼요. 논리적이진 않지만 올바로 행동한 거지요."

빌과 게리의 이야기에 감동한 나머지, 나는 그들에게 전화번호를 물었다. 그리고 훗날 인터뷰를 하기 위해 비행기를 타고 그들의 집으로 날아갔다. 알고 보니 그들은 아이를 가질 수 없는 사람들이었다. 물론 사랑하는 조카아이들과 굉장히 많이 수집해 놓은 전 세계의 '작은 인형들'이 그들 곁에 있었다. 내가 그 인형들을 보며 감탄사를 연발하자, 빌과 게리는 그해의 크리스마스 선물로 인형 하나를 내게 주었다.

우리는 여러 해 동안 카드를 보내고, 가끔 전화도 하면서 서로 연락을 주고받았다. 1997년 12월, 우리가 처음 만난 지 10년째 되던 해에 나는 내 딸 앤의 사진을 동봉한 카드를 보냈다. 그곳 상황은 어떤지, 그리고 두 분은 잘 지내는지 안부를 묻는 글도 몇 줄 적었다. 1월 초에 게리의 여동생으로부터 다음과 같은 짧은 답장이 도착했다.

빌 맥멀렌과 게리 맥멀렌 두 분 모두 돌아가셨다는 소식을
전하게 되어 유감입니다. 빌은 7월 10일 심장마비로,
게리는 7월 31일 뇌종양으로 세상을 떠났습니다. 이 일로
두 분의 가족과 친구들은 큰 슬픔에 빠져 있습니다.
하느님의 은총이 두 분과 함께 하기를 바라며, 두 분에게
보여 준 당신의 우정에 깊이 감사드립니다.

불과 이삼 주 사이에 두 사람이 차례로 세상을 떠나다니

신비한 기분이 들었다. 나는 눈물을 닦으며 그들과의 인터뷰 노트를 꺼내 보았다. 게리가 한 짧은 말이 눈에 들어왔다.

다른 시간에 우리가 함께 있었던 것 같아요. 사람은 일단 태어나면, 그 전에 무슨 일이 있었는지 기억을 못하지요. 하지만 우리 두 사람은 또 다른 삶에서도 결혼했었던 것 같아요.

이 한 쌍의 소울메이트가 또 한 번의 삶을 막 시작했기를 나는 간절히 바랐다.

#8.
유명인들의 60초 소설

나는 유명인들을 일부러 찾아다니진 않았지만, 그렇다고 그들과의 만남을 피하지도 않았다. 10월의 안개 낀 오후, 뉴욕 맨해튼의 남쪽 항구 거리에서 흑인 여배우 우피 골드버그를 만났든, 워싱턴 D.C.의 어느 파티에서 대통령 비서실장을 만났든, 아니면 롱아일랜드의 성인식 파티에서 누구나 아는 영화배우의 아내를 만났든, 나는 언제나 그런 유명 인사들도 우리와 똑같은 사람이라고 생각했다.

한번은 뉴욕 시 테번에 있는 그린 레스토랑에서 열린 파티에 초대받아 60초 소설을 쓰고 있는데, NBC 뉴스 앵커맨 톰 브로커가 테이블에 앉아 있는 것이 눈에 띄었다. 타자기를 들고 그에게 다가간 나는 왜 저널리스트가 되었는지 물었다.

그가 말했다.

“난 언제나 호기심이 많았어요. 어렸을 적부터 그랬어요.”

나는 구석에 있는 웨이터 탁자 위에 타자기를 올려놓고 곧바로 그를 위한 60초 소설을 써내려 갔다.

: 톰 브로커의 끝없는 호기심

톰 브로커는 끝없는 호기심을 갖고 있었다. 어린 시절 그는
하늘이 왜 푸른색인지 알아야만 했다. 훗날 방송기자가 된
그는 끊임없이 질문을 던지기 시작했다.
“카메라가 돌아가고 있습니까?”
“얼굴 화장이 잘 되었나요?”
물론 무엇보다 중요한 질문은 이것이었다.
“나와 라이벌인 댄 래더가 나보다 잘하고 있습니까?”
지식에 대한 욕구도 끝이 없어서 무엇 때문에 지구가 축을
중심으로 돌고 있는지, 왜 바보들이 사랑에 빠지는지
알아야만 했다. 또 상승이란 얼마나 높이 올라가는 것인지,
왜 삶에서 유일하게 변치 않는 사실은 삶이 늘 변한다는
것인지 알아야만 했다.
하지만 결정적인 답은 끝내 알 수 없으며, 수수께끼도

풀리지 않게 되기를 톰은 기도했다. 그래서 사람들이
위대한 미지의 사실을 알려고 시시포스처럼 계속
분투하기를 바랐다.
그렇지 않으면 저녁 뉴스의 시청률이 형편없이 떨어질
것이기 때문이다.

톰 브로커는 웃음을 터트린 뒤 가벼운 농담을 던지며 내 글을 받았다. 그가 거드름을 피우는 사람이 아니라는 것을 금방 알 수 있었다.

1997년 4월 21일 월요일은 패밀리 채널의 「가정과 가족」 쇼에 출연하기로 약속한 날이었다. 누구나 한 번쯤은 할리우드에 있는 유니버설 스튜디오의 여러 문들을 통과해 봐야 한다. 선글라스를 코끝에 걸치고 경비원의 손짓에 따르는 경험을 해봐야 한다. 하늘 위로는 태양이 밝게 빛나고 있었고, 나는 할리우드를 온몸으로 느꼈다.

지도를 보니 왼쪽에 있는 사이코 하우스[히치콕 감독의 영화 「사이코」의 촬영 세트]를 지나가야 하는 것으로 되어 있었다. 마침내 언덕에 있는 노란색 '가정과 가족' 하우스를 발견할 수 있었다. 얼굴에 분을 칠하고, 타자기를 준비하자, 누군가 방송 무대에 있는 소파로 가라는 지시를 했다. 나는 함께 게스트로 출연한 어느 여배우 옆에 앉았다.

내 시간이 되자 주인과 손님이 뒤바뀌어, 내가 쇼의 공동

진행자인 크리스티나 페라레를 인터뷰하기 시작했다.

내가 물었다.

"크리스티나, 결혼은 했나요?"

물론 나는 그녀가 오래전에 유명한 자동차 회사 간부인 존 델러론과 이혼한 사실 정도는 알고 있었다.

"네, 12년 전 어제 했죠."

"그럼 어제가 결혼기념일이었나요? 멋지군요. 그런데 현재의 남편은 어떻게 만났나요?"

"그이가 네트워크 방송을 운영하고 있을 때, ABC 방송국에서 만났어요. 「굿모닝 아메리카」 프로에서 내가 원하는 것을 하려면 네트워크 방송 사장의 허락을 받아야 했거든요."

"그를 어떻게 생각하고 있었습니까?"

"아주 싫어했어요. 그가 조금은 건방지고, 버릇없는 남자라고 생각했어요."

그녀와 함께 쇼를 진행하는 남자 아나운서가 소리쳤다.

"저런!"

내가 물었다.

"그런데 어떻게 건방지고 버릇없어 보이는 남자와 사랑에 빠지게 됐나요?"

"그런데 그 사람도 나를 좋아하지 않았어요. 그 사람과의 만남은 좋은 결과를 가져오지 못했고, 말할 것도 없이 난 「굿모닝 아메리카」에 출연하지 않았어요. 내가 마침내 전남편과 별거에 들어갔을 때 시내에서 그와 마주쳤는데, 그때마다 그에게 이상한 매력을 느끼게 되더군요. 하지만 그는 나를 무시했고, 그런 그의 태도가 나를 미치게 만들었어요."

"그리고 무슨 일이 있었습니까?"

"한 파티에서 그를 다시 만났어요. 난 테이블에 앉아 있었는데, 사람들이 모두 춤추러 나가는 바람에 테이블에는 나 혼자밖에 없었어요. 당시 나는 별거 중이었기 때문에 짝이 없었거든요. 그때 그 사람이 내게로 걸어왔어요. 턱시도를 입고 회색 머리를 한 그가 나를 쳐다보길래, 난 말했지요. '춤추고 싶으세요?' 그러자 그는 '아니오'라고 대답하고는 그냥 걸어가는 것이었어요. 정말 미치겠더군요. 그런데 그가 곧 몸을 돌리더니 이렇게 말하는 거예요. '좋아요, 춤을 추고 싶군요.' 그가 내 몸에 팔을 두르는 순간 그의 향기와 스킨 냄새를 맡으면서 난 마음이 약해졌고, 결국 완전히 무릎을 꿇고 말았어요. 그게 다예요."

그때 광고를 내보낼 시간이 되었다. 나는 곧바로 타이프를 치기 시작했고, 3분 뒤 전국으로 생방송되는 텔레비전 쇼가 다시 시작되자, 방금 쓴 글을 큰소리로 읽었다.

: 첫눈에 싫어하다

크리스티나는 처음 토니를 만났을 때, 지금까지의

남자들에게서 느껴 보지 못한 강렬한 느낌을 받았다.

그것은 바로 첫눈에 싫어지는 느낌이었다.

그래서 그녀는 그에 대해 잊어 버렸다. 하지만 어느 날 저녁, 그녀는 춤출 상대가 없어 혼자 앉아 있었다. 그때 토니가 다시 나타났다. 그녀는 그를 쳐다보면서 말했다.

"춤추실래요?"

그러자 그가 말했다.

"아니오."

하지만 정말 다행스럽게도 그가 생각을 바꿨다. 그는 다시 한번 그녀를 바라보더니, 좋다고 말했다. 그녀와 춤을 추고 싶다는 뜻이었다.

그리고 바로 그 순간, 첫눈에 싫던 느낌이…… 평생 동안 이어지는 사랑으로 바뀌었다.

내 글을 받아든 크리스티나는 손을 가슴에 가져다대며 말했다.

"오, 이 소설 정말 내가 가져도 돼요? 아주 맘에 드는데요. 너무 멋져요. 정말 아주 훌륭해요."

이런 데가 바로 할리우드인 것이다.

1987년 3월, 버지니아 주의 체스터필드에서는 헤스 백화점의 지점을 여는 성대한 행사가 펼쳐졌다. 그곳에서 60초 소설을 쓰고 있는 내게 중년 부인 두 사람이 다가왔다. 그들은 웃가게 맞은편 복도에 베너 화이트의 사진이 걸려 있는 것을 보고, 자신들이 베너의 열렬한 팬이라고 고백했다. 그녀를 너무 좋아한 나머지 베너와 팻 서잭[유명 텔레비전 프로그램 「행운의 바퀴」의 공동 사회자]이 남부의 여러 주를 순회할 때, 그들을 보려고 차를 몰고 수백 킬로미터를 달려갔다고 했다.

그들은 말했다.

"그날은 우리 생애 최고의 날이었어요."

내가 그 여성들을 다시 기억한 것은 6년 뒤 케이블 방송 사업을 위한 에너하임 무역쇼에서 베너 화이트를 만났을 때였다. 그 쇼에 우리는 함께 초청되어 일을 하고 있었다. 잠시 쉬는 동안 베너에게 다가간 나는 60초 소설을 써줘도 좋겠느냐고 물었다. 그녀는 흔쾌히 승낙했고, 잠시 인터뷰를 한 뒤 나는 글을 쓰기 시작했다.

⋮베너 안에서 작은 마을의 소녀를 발견한 남자

베너 화이트는 평범한 작은 마을 출신이었다. 그녀는
말하자면 평범한 작은 마을의 소녀였다. 그런데 그녀에게
특별한 일이 일어났다.
「행운의 바퀴」라는 텔레비전 프로그램이 그녀를 스타로
만든 것이다.
그것은 때로 그녀를 불편하게 만들었다. 가장 불편한 일은

함께 어울리던 고등학교 시절의 친구들이 찾아와 그녀에게 사인을 부탁하는 것이었다. 그녀는 친구들의 행동을 이해할 수 없었다. 사람들이 자신을 평범하게 대해 주기를 그녀는 원했다. 텔레비전 속의 화려한 모습은 실제의 그녀가 아니었다.

10년 전 어느 날, 그녀는 한 친구의 집에서 조지를 만났다. 조지는 그녀의 진정한 성격에 관심을 가질 뿐 화려한 모습에 눈부셔하지 않았다. 그는 그녀에게 사인을 부탁하지도 않았다. 물론 결혼 서약서에 사인을 해달라고 부탁하기 전까지는. 왜냐하면 그는 그녀를 존중했기 때문이다. 그는 그때나 지금이나 친절한 사람이고, 그녀가 매혹적인 의상을 입고 세상 사람들의 눈을 즐겁게 해줘야 한다는 것을 이해하는 남자이다. 하지만 그는 그녀가 일단 집에 돌아오면 그녀 스스로 평범하고 수수한 자신을 느낄 수 있게 배려해 준다.

그리고 이제 그들이 기다리는 아이가 태어나면, 베너는 그 아이의 출생증명서에 자랑스럽게 사인을 할 것이다.

만화가, 작가, 극작가이기도 한 줄 파이퍼가 1988년 맨해튼의 어퍼 웨스트 사이드에서 열린 한 생일 파티에 참석했다. 그곳에서 60초 소설을 쓰고 있던 나는 줄의 이야기를 쓰려고 그에게 다가갔다. 그런데 그는 난데없이 자기 집 지붕이 엄청나게 새서 고민이라고 말하는 것이었다. 비가 너무 새는 바람에 자신과 아내는 부엌에서 자야만 했고, 딸아이는 가정부 방에서 잔다는 것이었다. 그 이야기를 들은 나는 그에게 다음의 글을 써주었다.

: 완전한 변화

만화가인 줄의 침실에 비가 새기 시작했다. 지붕이 주저앉고 있었다.
줄과 그의 아내 제니는 도저히 참을 수 없어 부엌으로 잠자리를 옮겼다. 딸 할리도 비바람 속에서 잠에서 깨어나 가정부 방으로 갔다. 그들은 떨어지는 빗물을 받기 위해 집안 곳곳에 쓰레기통을 받쳐놓아야 했다. 하지만 비는 계속해서 내렸다. 무려 서른 밤 서른 낮을 쉬지 않고 내렸다.
마침내 비가 그쳤을 때 카펫에서는 이미 풀이 자라기 시작했다. 줄이 만화를 그리기 위해 나갔다 돌아오자 침대에서 단풍나무가 자라고 있었다.
기자인 그의 아내가 어느 정치인의 재판을 취재하고 돌아와 보니, 그들의 옷장에서 작은 나무가 자라고 있었다. 토끼가 덤불 속에서 뛰어다니고, 나비가 날고, 개들이 짖고, 소들이 돌아다니며, 들소가 돌아오고, 마침내는 공룡도 나타났다.

그들의 침실은 자연에 의해 새롭게 바뀌고 있었다. 마침내 줄은 집을 지은 건축가에 대한 분노와 불쾌한 감정을 던져버렸다. 그리고는 옷을 벗어 던지고 아내 제니와 함께 한 쌍의 아담과 이브가 되어 그들의 에덴 침실에서 즐겁게 춤을 추었다.

바로 그때 건축가가 나타나 비 새는 지붕을 고쳐 주었다.

이제 막 재미있어지려는 순간에.

줄은 내 60초 소설의 뒷장에 그림을 그리고 이렇게 제목을 붙였다.

'댄 헐리를 위한 춤. 60초 소설가를 위한 30초 댄서.'

#9 •
사악한 마음이 쓴 기이한 이야기

이따금 무시무시하고 기이한 이야기보따리를 풀어놓고 싶은 사악한 욕망에 사로잡힐 때가 있다. 스티븐 킹이 당신 삼촌의 결혼식에서 어슬렁거리며 이런 60초 소설을 써서 하객들을 겁주는 광경을 상상해 보라.

'그런데 웨딩 케이크에서 피에 젖은 발톱이 나오자…….'

하지만 나는 내 글의 주인공이 되는 사람에게 직접 그 글을 써줘야 하기 때문에 신중하게 생각하지 않을 수 없었다. 하지만 때때로 내 안에 있는 악마가 모습을 드러내며…….

시카고에서 60초 소설을 쓰며 첫 여름을 보낼 때, 내가 쓴 글의 대부분은 기발한 이야기들이었다. 주위에 있는 사람들이 무슨 말과 행동을 하든, 나는 곧바로 그것에 답하는 글을 썼다. 대학생쯤 되어 보이는 청년 두 명이 내게 다가와 "밤하늘을 날아다니는 원숭이에 대해 써주세요"라고 말하더라도, 나는 즉시 타자기를 두드려 다음과 같이 썼을 것이다. 실제로 1983년 8월 시카고의 미시간 애비뉴에서 어느 늦은 금요일 밤 그런 일이 있었다.

: 밤하늘을 날아다니는 원숭이

우루과이에 살 때의 일이다. 나는 누구의 방해도 받지 않고 소설을 쓰려고 혼자 오두막에서 살고 있었다. 그런데 낯선 방문객들이 찾아와 끊임없이 못살게 구는 것이었다. 그들은 다름 아닌 밤하늘을 날아다니는 원숭이들이었다. 그들은 낮에는 걸어 다녔지만, 밤이 되면 우리 집 창문으로 날아 들어와 난롯가에 앉아 있곤 했다. 그들은 내 초콜릿 케이크를 먹어 치우고, 내가 타놓은 뜨거운 코코아도 마셔 버렸다. 내 아내와 잠을 자고, 내 칫솔로 이를 닦았다. 나를 침대에서 내몰고 내 원고를 찢어발겼다. 그놈의 빌어먹을 원숭이들 때문에 나는 참을 수 없이 신경이 곤두섰다! 그러다가도 아침이 되면 그들은 사라지고 모든 것이

제자리로 돌아갔다. 간밤의 일을 기억조차 하지 못하는 아내에게 나는 소리치곤 했다.

"정말 그놈들이 여기 왔었다니까!"

마침내 놈들이 내 소설로 종이비행기를 접는 꼴을 보다 못한 나는 놈들을 제거할 음모를 꾸몄다. 그날 밤 원숭이들이 떠나려 할 때 나는 그들에게 외쳤다.

"제발 나도 데려가 줘!"

그들은 팔로 나를 감싸 안고 하늘을 날아, 해안에서 수백 킬로미터나 떨어진 비밀의 섬으로 나를 데려갔다. 놈들의 섬은 영원히 걷히지 않는 안개에 가려져 있었으며, 전화도 없고 전기도 없고 인간이 만든 어떤 문명의 이기도 없는 곳이었다. 우리는 바나나 와인을 마시고 카드놀이를 했다. 놈들이 술에 취해 나가떨어질 때까지. 그러고 나서 나는 조용히 가위를 꺼내 놈들의 날개를 말끔히 잘라 버렸다.

"제 아무리 밤하늘을 날아다니는 원숭이라도 더 이상은 날 수 없을걸!"

나는 낄낄 웃었다. 그런데 온 섬을 샅샅이 뒤진 지 한 시간이 되어서야, 나는 한 가지 작은 문제를 발견했다. 배가 한 척도 없었던 것이다.

어느 날 오후, 맨해튼의 콜럼버스 애비뉴에서 글을 쓰고 있는데 한 여자가 다가왔다. 그녀는 매사추세츠 주의 작은 마을에서 겪은 일 때문에 몹시 속이 상해 있었다. 마을 사냥꾼이 그녀가 애지중지 키우던 개를 죽인 것이다. 나는 그녀가 복수의 쾌감을 느끼도록 상상을 초월하는 이야기를 써주었다.

⋮개의 복수

두 해 전 제인은 매사추세츠 주의 작은 마을에 살고 있었다. 당시 그녀는 머독이라는 이름의 그레이트 데인을 한 마리 키우고 있었다. 그런데 마을의 사냥꾼이 그 개를 총으로 쏘고 다시 차로 치어 죽여 버렸다. 제인은 끓어오르는 분노를 참을 수 없었다. 개를 무척이나 사랑한 그녀는 마을의 무식한 사냥꾼들에 대해 참을 수 없이 화가 치밀었다. 또 사람들이 그녀는 물론 그녀가 타고 다니는 빨간색 캐딜락을 좋아하지 않는 것에도 화가 났다.
마침내 그녀는 사냥꾼이 사는 곳을 찾아가 마지막 결판을 내기로 마음먹었다. 죽은 개의 복수를 하기 위해서였다.
그녀는 또 다른 빨간색 캐딜락을 빌린 뒤 혼자서 차를 몰고 마을로 갔다. 마을에 이르자 곧장 사냥꾼 집으로 차를 몰았다. 숲 속 깊은 곳에 있는 허름한 집이었다. 집 밖은 숨을 죽인 듯 고요하고, 이따금 작은 새들이 잎사귀 속에서 바스락거리는 소리만 들릴 뿐이었다.

그녀가 문을 두드렸지만 아무 대답이 없었다. 그녀는 큰 소리로 불렀다.

"여보세요?"

갑자기 안에서 대답하는 소리가 들렸다.

"도대체 누구요?"

"난 제인이에요. 내 개 머독에 대해 당신과 할 얘기가 있어요. 당신이 내 개를 죽이지 않았나요?"

문 뒤에서 그 목소리가 대답했다.

"나는 당신 개가 죽은 것하고 아무 상관이 없어요. 사실 나는 당신 개가 죽었는지조차 몰라요."

그녀는 이성을 잃고 소리쳤다.

"엉터리 같은 소리 집어치워. 네 놈이 내 개를 차로 치었잖아."

그 목소리가 말했다.

"아줌마, 미안하지만 당장 여기서 떠나 줘야겠소. 내가 마지막으로 하고 싶은 말은 지금 당신 개는 당신과 있을 때보다 훨씬 잘 지낸다는 거요."

제인이 소리쳤다.

"입 닥쳐!"

그녀는 남자에게로 가서 멱살을 잡고 손톱으로 살을 찢어버리고 싶은 충동을 참을 수 없었다. 집 옆으로 돌아가 보니 마침 창문이 하나 열려 있었다. 그녀는 창문을 통해 집 안으로 기어들어갔다. 그곳에 그 남자가 앉아 있었다.
그는 그녀에게 등을 돌린 채로 벽난로를 향해 앉아 있었다.
생각할 것도 없이, 그녀는 그의 머리를 후려치기 위해 화분
하나를 집어 들었다. 그리고 몇 발짝 더 걸어가 드디어
남자 앞에 섰다.
"오, 하느님!"
그녀는 너무 놀라 화분을 바닥에 떨어뜨렸다.
의자에 앉아 있는 것은 다름 아닌 그녀의 개 머독이었다.
개가 남자옷을 입고 앉아 있었던 것이다. 그리고 벽난로
옆에는 사냥꾼의 머리가 장식으로 걸려 있었다.
머독이 말했다.
"말했다시피 나는 어느 때보다도 잘 지내고 있어요."

1988년 2월, 전국 대학 교직원 모임에서 리타라는 이름의 여자가 내게 다가왔다. 그녀는 남편이 매일같이 소파에 앉아 감자칩을 먹으며 텔레비전이나 보는 사람으로 변했기 때문에 이혼을 했다고 말했다. 나는 곧바로 그녀의 이야기를 글로 옮겼다.

: 감자가 되는 병

리타는 결혼한 지 12년이 되었다. 그녀는 한 남자와

결혼했지만, 결국은 감자와 이혼했다.

처음에 두 사람은 좋은 친구 사이로 출발했다. 둘 다 웨스트 버지니아의 시골 출신이었다. 리타는 열한 명의 형제 중 열 번째였다. 그녀는 짐과 깊은 우정을 나눴으며, 그래서 그와 결혼했다. 하지만 그녀가 산에 오르거나 비행기에서 뛰어내리는 모험적인 활동에 열중하기 시작할 무렵, 짐은 소파에 앉아 감자칩을 먹으며 「비버에게 맡겨라」에서부터 「그 가족의 모든 것」에 이르기까지 온갖 텔레비전 프로그램을 섭렵하는 사람이 되었다.

마침내 그는 감자로 변했다.

먼저 그의 두 다리가 떨어져 나갔다. 그 다음에는 머리카락이 빠졌다. 그리고 그의 코가 떨어졌다. 마침내 남은 것이라곤 둥근 몸과 눈, 그리고 음식을 먹고 콜라를 마시는 입뿐이었다.

그래서 리타는 그에게 버터와 사워 크림을 채워 넣은 뒤에 그를 다른 여자에게 주었다. 그 여자는 감자를 무척이나 사랑하는 사람이어서, 리타가 짐과 이혼하자마자 그와 결혼했다. 현재 리타는 아직 다리를 갖고 있는 스티브라는 남자와 함께 비행기에서 뛰어내리고 높은 산들을 오른다.

하느님, 감자가 되는 병으로부터 스티브를 구해 주소서.

1997년 6월 25일, 어떤 회사의 가족 파티에서 있었던 일이다. 한 십대 소년이 내게 다가오더니 자신은 눈 과학자가 되고 싶다고 말했다.

내가 물었다.

"왜지?"

아이가 대답했다.

"나는 눈을 좋아하거든요."

그러자 갑자기 기이한 짧은 소설이 머릿속에 떠올랐다.

⋮ 나는 눈을 좋아해요

마침내 경찰이 피터의 집으로 들이닥쳤다. 그는 언덕 꼭대기에 있는 크고 허름한 집에서 살고 있었다. 집은 가시나무 덩굴로 둘러싸여 있고, 섬뜩한 뱀과 야수들이 집 주변을 어슬렁거리며 돌아다녔다.

경찰이 문을 부수자 그것들이 보였다.

병들. 집에 있는 모든 선반, 모든 벽마다 병들이 일렬로 놓여 있었다.

그리고 병 안에는 무엇인가 담겨 있었다.

눈이었다.

병들은 모두 눈알로 채워져 있었다.

경찰은 놀라서 입을 다물 수가 없었다.

"하느님 맙소사! 당신 어떻게 이럴 수가?"

텁수룩한 수염에 찢어진 옷을 입고, 목욕을 하지 않아
고약한 냄새를 풍기면서 피터는 조용히 경찰을 바라보았다.
역겨운 입냄새와 썩은 이빨을 드러내며, 그는 이 모든 것을
단 세 마디로 설명했다.

"나는 눈을 좋아하거든요."

1985년 9월 5일, 맨해튼의 콜럼버스 애비뉴에서 글을 쓰고 있는데, 마리아라는 이름의 젊은 바이올린 연주자가 다가왔다. 그녀는 무대 공포증 때문에 관객들 앞에서는 혼자 연습할 때만큼 잘 연주할 수 없다며 자신의 고민을 털어놓았다. 나는 그녀에게 완벽한 해결책이 담긴 소설을 써주었다.

: 마리아의 손가락

마리아는 바이올린을 연주했다. 그녀에게는 뛰어난 재능이
있었다. 어린 시절 그녀는 유명한 줄리아드 대학
예비학교에 입학할 수 있었다. 어린 그녀는 손가락이 안
보일 정도로 맹렬하게 연주했다. 그러다가 사춘기가
찾아왔고 여드름도 찾아왔다. 그녀는 자의식이 강하고
부끄럼을 많이 타는 아이로 성장했다. 예민해진 성격 탓에
손가락이 떨리기 시작했다. 연주를 할 때마다 그녀는

관객들 앞에서 온통 벌거벗고 서 있는 듯한 기분이 들었다.
모든 사람이 자신의 여드름을 보고 웃는 것 같았다. 그런
생각이 잘못된 것임을 그녀도 잘 알고 있었다. 하지만
아무리 해도 그 생각을 떨쳐 버릴 수가 없었다. 손가락에만
집중한다면 위대한 연주자가 될 수 있을 것 같았지만,
불행히도 그녀의 손가락은 그녀의 뇌와 연결되어 있었다.
어느 날 밤 마리아가 저녁을 먹고 잠들자, 그녀의 손가락이
손에서 떨어져 슬금슬금 기어 나오더니 계단을 내려와
거리로 나갔다. 그리고 택시를 불러 타고 카네기 홀로
향했다. 무대 위로 올라간 그녀의 손가락은 지금까지 볼 수
없었던 뛰어난 솜씨로 바이올린을 연주하기 시작했다.
다음날 아침 뉴욕 타임스는 그녀의 손가락이 세상에서
가장 뛰어난 바이올린 연주 손가락이라고 찬사를 아끼지
않았다.
그 시간쯤 손가락들은 그녀의 손에 다시 붙어 있었다.
"진즉에 너희들을 내 머리로부터 자유롭게 해줬어야 했어."
손가락을 자신의 뺨에 부드럽게 문지르면서 그녀는 말했다.
그 이후로 그녀는 손가락이 마음대로 걸어가서 연주를
하게 해주었다.

1989년 3월 25일, 어느 성인식 파티에서 있었던 일이다. 한 테이블에 앉은 여자가 아홉 달 정도 된 아기를 꼭 끌어안고

있었다.

"왜 아기를 데려오셨죠?"

내가 이해가 안 간다는 표정으로 묻자 여자는 말했다.

"이렇게 하지 않으면 로비가 굉장히 화를 냈을 거예요."

"로비가 누군데요?"

"내 아기예요."

그 순간 나는 이런 글을 쓰지 않을 수 없었다.

: 로비의 충격적인 경험

로비는 정신과 상담실에 앉아 있었다. 그는 몹시 살이 찐 회계사였다. 머리가 벗겨지고, 항상 땀을 줄줄 흘리며, 줄담배를 피우는 사람이었다. 그는 최근에 아내와 이혼했다. 그리고 그의 고객 절반이 그에게 소송을 걸어 놓은 상태였다.

정신과 의사가 말했다.

"그러면, 로비, 어린 시절의 얘기를 좀 해봐요."

로비가 말했다.

"모든 일은 내가 아홉 달 되던 때 시작됐어요. 당시 나는 믿을 수 없을 만큼 귀여운 푸른 눈을 가진, 혼자서는 아무것도 할 수 없는 작은 아기였어요. 잇몸에서는 젖니가 나오고, 엄마 젖을 빨고 있었지요. 그러던 어느 날 저녁 내

세상이 온통 거꾸로 뒤집혀 버렸어요. 그날이 성인식이라고
사람들이 말하더군요. 그들은 그것을 설명하려 했지만,
내가 어떻게 이해할 수 있겠어요? 나 같은 젖먹이가!
사람들은 나를 어느 낯선 사람에게 맡겨 두고는
가버렸어요. 우유병만 입에 물려 준 채로! 이빨이
욱신거리는 고통을 진정시켜 줄 사람은 아무도 없었어요!
나는 아우성을 치며 울었고, 잠을 잘 수도 없었어요.
그때……."
그때 정신과 의사가 손을 내저었다.
"됐어요, 로비. 그만 됐어요."
손을 계속 내저으며 의사가 말했다.
"이제 그만 됐다니까요, 로비."
의사가 끊임없이 손을 흔들고 있을 때 갑자기 눈을 뜬
로비는 모든 것이 꿈이라는 것을 깨달았다. 그의 아름다운
아내 피오나가 그를 깨우고 있었다. 그는 사실 큰 회사의
사장이었다. 젊고, 유능하고, 행복하고, 건강했다.
그는 피오나에게 말했다.
"정말 다행히도 내가 어렸을 때 엄마가 나를 브래들리
스타인펠드의 성인식에 데려가 주셨어. 이 모든 행운이
그때부터 시작되었지."

1988년 8월, 이틀 동안 텍사스 신학 대학에서 60초 소설을

써달라는 초청을 받았다. 내가 그곳에 도착한 날은 마침 '초대의 날'이었다. 대학의 여학생 클럽들이 자기 클럽에 들어오기를 희망하는 여학생들에게 초대장을 보내는 날이었다. 초대장은 정확히 오후 5시 30분에 학생들의 우편함에 넣기로 되어 있었다. 그날 오후 내내 나는 타는 듯한 텍사스의 열기를 온몸으로 느끼며 학생회관 앞에서 글을 쓰고 있었는데 학생들은 오로지 초대장에 대해서만 이야기를 나누고 있었다.

한 어린 여학생은 자신이 단지 한 클럽만을 선택한 것은 '자살행위'나 다름없는 경솔한 행동이었다고 내게 말했다. 만일 그 클럽이 자신에게 초대장을 보내지 않으면, 그녀는 바람 부는 벌판에 홀로 남아 죽음 같은 고립감을 느낄 것이라고 내게 말했다. 또 다른 여학생은 클럽 활동을 하기에는 자기 성격이 너무 진지해서 고민이라고 말했다. 자신에게는 자유분방하거나 열정적인 면이 없다는 것이었다.

로렐리라는 또 한 명의 여학생은 자기 자신에게 꼭 맞는 클럽을 찾기가 정말 어렵다고 하소연했다. 그녀를 위해 나는 다음의 소설을 써주었다.

: 로렐리 클럽

로렐리는 자신이 선택한 클럽이 자신을 받아들일지 여부를 알기 위해 기다리고 있었다. 그녀는 자기 자신에게 꼭 맞는 클럽에 들어가기를 원했다.

그 클럽에서는 모든 사람이 빨간 머리를 하고 있을 것이다.

그 클럽에서는 모든 사람이 껌을 씹고, 푸른 눈과 주근깨를 하고 있을 것이다.

모두가 수영을 하고 많은 책을 읽을 것이다.

학교를 다니는 동안 모두가 한두 명씩은 남자 친구를 갖고 있을 것이다.

모두가 친절하고 다정할 것이다. 그리고 모두 그녀가 좋아하는 소설가를 좋아할 것이다.

마침내 그녀는 그녀에게 완벽하게 어울리는 클럽이 그녀를 받아들인 것을 알았다. 사람들은 그것을 로렐리 클럽으로 불렀다. 불행한 일은 그녀 외에는 아무도 그 클럽에 들어오지 못했다는 것이다. 그리고 영원히 아무도 들어오지 않을 것이다. 그것은 그녀 한 사람만을 위한 개인 클럽이었다.

왜냐하면 어느 누구도 로렐리가 될 수 없으니까.

#10.
인생이 담긴 60초

1990년 여름까지 11,000편이 넘는 글을 쓰면서 웬일인지 이런 성공 속에서 나 자신이 점점 순수성을 잃어가는 느낌이 들었다. 이제 60초 소설가가 직업이 된 것이다.

1983년 여름, 『시카고 선타임스』의 기자가 내게 다가와 "지금 무얼 하고 있습니까?"라고 물었을 때만 하더라도, 나는 그렇게 될 가능성을 전혀 예측하지 못하고 있었다. 그때 그 기자의 질문에 나는 다음과 같은 60초 소설로 답변을 대신했었다.

⋮ 나는 무엇을 하고 있는가?

나는 사람들이 지나가면서 나를 쳐다보는 모습을
관찰하기를 좋아한다. 내가 도대체 무엇을 하는지 나
자신도 모르면서. 특히 화가 난 것처럼 내게 눈살을
찌푸리는 여자들과, 걸어가면서 "안 하겠소"라는 표시로 등
뒤로 손을 내젓는 직장인들의 모습을 나는 감상한다.
또한 웃는 얼굴로 "아이디어 좋은데!"라고 말하며 계속 갈
길을 가는 사람들과, 마치 내가 그곳에 없는 것처럼 완전히
무시하는 사람들.
지금 『선 타임스』와 인터뷰를 하면서 나는 사람들이 나를
알게 될까봐 걱정이 앞선다. 그렇게 되면 이 일은 사업이
될지도 모른다. 어쩌면 직업이 될지도 모른다. 그러면 이
일에 필요한 자격증이 없다고 경찰이 나를 체포할지도
모른다.

7년 전의 그런 생각들도 이미 지난 일이 되었다. 미국 변호사 협회의 지루하고 상투적인 일에서 나를 탈출시켜 준 바로 그 일에 나는 또다시 똑같이 매여 있었다. 나 자신이 통속적인 예술가, 곧 쇼핑센터에서 싸구려 오락을 제공하는 사람이 되어 가고 있었고, 60초 소설도 결국 얄팍한 기술로 전락할 것만 같았다. 나는 이 일을 중단하기로 결심했다.

그러자 처음에 60초 소설을 생각했을 때처럼 터무니없고 비현실적인 것이라 여겨져 한쪽으로 치워 두었던 생각 하나가 떠올랐다. 그것은 다음과 같은 것이었다.

아이오와 주의 광활한 옥수수밭 한가운데에서, 물결무늬 양복에 나비넥타이를 맨 내가 무릎에 타자기를 올려놓고 앉아 있다. 사람이 나타나기를 기다리며 앉아 있다가, 마침내 지나가는 사람이 나를 쳐다보면 조용히 말한다.

"안녕하세요? 저는 당신의 인생 이야기를 써주기 위해 이곳에 있습니다."

그러면 그 사람은 내가 환영이거나 화성에서 온 손님이 아닐까 생각할 것이다.

아니면 나는 사막 어딘가로 갈 것이다. 주위에 울타리도 없고, 들풀이 바람에 날려 휙휙 지나가는 가운데, 나는 바람을 맞으며 타자를 두드리고, 또 두드릴 것이다. 마치 현대에 나타난 구약성서의 선지자처럼.

나는 소몰이꾼과 양치기 목동, 왕새우잡이 어부에게 소설을 써주기 위해, 또한 드넓은 대지를 발견하고 답답한 뉴욕에서 벗어나기 위해, 그래서 60초 소설에 새로운 생명력을 불어넣기 위해 세상을 여행할 것이다.

지난 2년 동안 그런 생각이 떠오를 때마다 나는 속으로 말하곤 했다.

'말도 안 돼! 그건 정신 나간 짓이야!'

6월의 어느 늦은 밤이었다. 봄에 참석하기로 한 마지막 파티에서 돌아온 나는 무심코 달력을 들춰 보았다. 기분 좋게도 7월 말부터 9월 중순까지 아무 일정도 잡혀 있지 않았다. 갑자기 무더운 한 달 반을 손바닥만 한 아파트에 처박혀 지내는 것이 어리석게 여겨졌다. 차라리 차를 몰고 미국 횡단 여행을 떠나는 편이 나을 것 같았다.

한 달 뒤, 나는 샌프란시스코로 가는 1번 해안도로를 따라 북쪽으로 차를 달리고 있었다. 밤 10시쯤 벤추라를 지나던 나는 근처 24시간 편의점을 찾았다. 가게 안으로 들어서자 카운터에 있는 여자아이가 눈에 띄었다. 열한 살쯤 돼 보이는 어린아이였다.

내가 미소를 지으며 여자 아이에게 말했다.

"늦은 시간까지 가게에 있기엔 너무 어린 것 같구나."

아이가 말했다.

"엄마를 도와 드리는 거예요."

아이 엄마가 나를 쳐다보더니 말했다.

"지금이 아이와 함께 있을 수 있는 유일한 시간이에요."

그곳에 내가 써야 할 이야기가 기다리고 있었다. 너무 열심히 일하고, 너무 정신없이 달려가며, 너무 많은 사람들에게 봉사해야만 하는 사람들의 이야기가.

아이 엄마에게 작가임을 밝힌 나는 60초 소설을 써줘도 되겠느냐고 물었다. 그러자 그녀는 너무도 흥분했다. 내가 그녀를 텔레비전의 투나잇 쇼에 데려갈 수 있겠냐고 물었어도, 그만큼 흥분하진 않았을 것이다. 나는 두 모녀에게 다음과 같은 글을 써주었다.

: 게일을 제외한 모든 사람을 위한 '편의점'

오늘 밤, 다시 말해 일요일 저녁 10시에 게일은 적어도 자신의 딸 캔디가 어디 있는지 알고 있다. 그 아이는 바로 이곳 '스톱 엔 고' 편의점에 엄마와 함께 있다. 이곳은 게일이 부업으로 일하는 가게이다.
게일은 주중에는 장애 아동들이 타는 스쿨버스를 운전한다. 그러고 나서 '스톱 엔 고' 편의점에서 일주일에 보통 2, 30시간을 더 일한다.
"하지만 이번 주는 이곳에서 45시간을 넘게 일했어요. 전부 합치면 일주일에 71시간을 일한 셈이죠."
왜 그렇게 오래 일하는 걸까?
그녀가 대답한다.
"저 혼자 아이를 키우니까요."
아이를 엄마 혼자 키우려면 돈이 많아야 한다.
"옷도 많이 있어야 해요."
바트 심슨 티셔츠를 입은 캔디가 말한다.
일주일에 한두 번 게일은 딸 캔디를 가게로 데려온다.

엄마는 말한다.

"아이와 좀 더 많은 시간을 보내려구요."

캔디가 말한다.

"나 혼자 있으면 지루할까봐 데려오는 거예요."

게일이 말한다.

"아니야. 그건 엄마가 너를 사랑하기 때문이야."

캔디는 엄마가 열심히 일하는 것을 좋게 생각한다.

"엄마는 저를 보살펴 주셔야 해요. 그렇지 않으면 우리는 새 여섯 마리와 고양이 두 마리도 키우지 못할 거예요."

게일처럼 끝없이 일하고, 어려움 속에서도 엄마 노릇을 훌륭히 해내는 사람들은 당연히 상을 받아야 한다. 모든 사람을 대표하여 나는 그녀의 고귀한 헌신에 찬사를 보낸다.

다시 차에 오른 나는 며칠 후 샌프란시스코에 도착했다. 그리고 유명한 39번 선창에 앉아서 일주일간 글을 썼다. 바람 부는 어느 날 오후, 로버트라는 남자가 다가와 다음과 같은 이야기를 들려주었다.

⁝ 뇌는 강력한 기관

로버트는 휠체어를 타고 다닌다. 7년 6개월 전 스물한 살이었을 때 로버트는 학교에서 집으로 돌아오다 교통사고를 당해 척추를 다쳤다. 하지만 그는 그 사고 때문에 조금도 기가 꺾이지 않았다. 그는 늘 미소를 짓는, 잘생기고 매력적인 남자다.

현재 로버트는 아름다운 아내 셸리와 함께 살고 있다. 그녀는 반짝이는 장식과 빛나는 단추, 소용돌이무늬가 그려진 눈부신 재킷을 갖고 있는 그런 여자이다.

셸리는 말한다.

"처음 만난 날 밤 나는 이 사람과 결혼하고 싶었어요. 로버트는 지금까지 만난 어떤 남자와도 달랐어요. 한마디로 에너지가 있었어요. 그만큼 그는 삶에 대해 다른 사람들이 갖지 못한 특별한 의지를 갖고 있었어요."

만난 지 한 달 만에 로버트는 그녀에게 자신과 결혼해 달라고 청혼했다. 그러자 이 아름답고 명랑한 여자는 휠체어에 앉아 있는 그에게 한마디로 대답했다.

"좋아요."

그들이 결혼한 지 이제 막 1년이 지났다. 그리고 지난 밸런타인데이에는 조그만 아기 샤우나가 태어났다.

척추를 다친 남자 중 1퍼센트도 안 되는 사람만이 생식 능력이 남아 있어 아이를 낳을 수 있다고 그들은 설명한다. 어찌된 일인지 로버트에게는 그 능력이 남아 있었다.

어떻게 그럴 수 있었을까?

그것에 대해 로버트는 이렇게 말한다.

"뇌는 강력한 기관이죠. 사람들은 뇌가 가진 힘을 깨닫지 못해요. 그 힘은 무한합니다. 뇌는 사람들이 자신의 한계를 극복할 수 있게 해주죠. 당신이 행복해지기를 강력히 바란다면, 정말로 행복해질 수 있습니다."

로버트, 셸리, 샤우나가 바로 그 강력한 증거이다.

사흘 뒤 네바다 주 위네무카에서 눈을 뜬 나는 95번 도로를 타고 북쪽에 있는 보이스를 향했다. 그곳에 가려면 지금까지 여러 지도에서 볼 수 없었던 특별한 곳을 통과해야만 했다. 다름 아닌 오리건 주의 남동쪽 지역이었다. 내가 특별하다고 말한 이유는 지도에 그 지역에 대해 아무것도 적혀 있지 않았기 때문이다. 볼 만한 경치나 마을, 또는 흥미를 가질 만한 장소가 한 군데도 표시되어 있지 않았다. 나는 곧 그 이유를 알 수 있었다. 그곳을 지나는 고속도로는 일직선으로 한없이 곧게 뻗어 있었고, 지나다니는 차들도 거의 없어, 실제로 나는 시속 130킬로미터로 달리면서 신문을 읽을 수 있었다. 그때 갑자기 앞을 분간할 수 없을 정도로 강한 비바람이 몰아쳐 나는 길옆에 차를 세울 수밖에 없었다. 20분쯤 지나자 다시 파란 하늘이 나타나며 해가 얼굴을 내밀었다.

정신을 차리고 보니 그곳은 내가 처음 여행을 꿈꾸었을 때 마음속으로 상상하던 바로 그런 곳이었다. 들풀이 자라는 사막. 특별히 볼 것도 없고, 차가 막힐 염려도 없고, 말을 건넬 사람도 없는 곳, 심지어 라디오도 나오지 않는 곳. 그 속에서 내 영혼은 평생 처음으로 미국에서는 찾아보기 힘든 어떤 것을 접했다. 그것은 바로 '비어 있음'이었다.

지금까지 미대륙을 돌면서 내 여행은 너무 많은 것들로 채워져 있었다. 인디애나 주에는 옥수수가 너무 많았다. 뉴멕시코에는 차를 타고 지나가기에도 벅찬 너무나 넓은 땅이 있었다. 그랜드캐니언에는 관광객이 발 디딜 틈도 없이 많았다. 라스베이거스에는 음식과 돈이 너무 많았다. 그리고 캘리포니아에는 사람이 너무 많았다. 너무 많은 편의점들, 너무 많은 발전. 어디에나 모든 것이 너무 많았다.

어디서도 찾아보기 힘든 아무것도 없는 그곳에 홀로 있으면서, 나는 넘치는 것들로부터의 피난처를 발견했다. 6천 5백 킬로미터에 이르는 고속도로와 지방도로를 달리며 미국을 돌아다닌 끝에 마침내 나는 그곳을 발견했고, '유레카'를 외칠 수 있었다. 그곳에 앉아 나는 다음의 글을 썼다.

: 드디어 발견하다

보이스로 가는 95번 북쪽 도로를 달리는데, 탁 트인
방목지대가 나타났다. 그곳에는 울타리도 없고, 사람도
없고, 집도 차도 없었다. 구름이 너무 낮게 드리워져 있어,

사다리를 타고 올라가면 손으로 만질 수 있을 것만 같았다. 서로 뒤엉킨 연초록색 들풀들이 축축한 진흙땅을 뒤덮고 있고, 달에서 가져온 운석 같은 거품 빛깔의 돌들이 곳곳에 널려 있었다. 바람은 음악소리처럼 나지막이 불어와 내 귀에 대고 플루트를 연주했다. 차를 세우고 밖으로 나간 나는 그 모든 것에게로 걸어가 신에게 감사드렸다.
그것들은 그랜드캐니언보다 더 깊고, 로키 산맥보다 더 높고, 태평양보다 더 넓고, 인디애나 주의 땅보다 더 비옥한 세계로 나를 데려다 주었다. 왜냐하면 나는 그 순간 대지와 함께 있었기 때문이다. 우리를 먹여 살리는 대지, 우리가 언젠가는 돌아갈 대지와 함께.
음악을 크게 틀어 놓고 계속해서 차를 몰았다. 그러나 나는 다시 차를 돌려야만 했다. 아까 그곳의 들풀 곁에 홀로 앉아 대지에 대한 글을 한 편 써야겠다는 생각이 들었다. 그 순간 갑자기 감정이 북받쳐 오르면서 나는 눈물을 글썽거렸다. 탁 트인 평원에서 차를 돌리며 내가 이 하늘과 대지를 얼마나 사랑하는가를 깨달을 수 있었다. 그러나 그때 연료계 바늘이 제로에서 왔다갔다 하는 것이 눈에 들어왔다. 결국 아까 거닐던 곳은 너무 멀어 돌아갈 수가 없었다.
하는 수 없이 나는 그 자리에 차를 세웠다. 그곳은 30년 전쯤에 특별 개간사업, 곧 씨앗을 다시 뿌려 방목지대를 살리기 위한 프로젝트가 실시된 땅이었다. 끝도 없는 대지가 눈앞에 펼쳐져 있었다. 나는 가시 울타리가 앞을 가로막고 있는 개간지 경계선으로 걸어갔다. 이곳에서 글을 써서는 안 된다는 생각이 들었다. 울타리를 넘어 안으로 들어가야 할 것 같았다.

나는 타자기와 의자, 종이와 카본지를 들고 울타리 밑을 기어 개간지 안으로 들어갔다. 지금 이곳에는 나 혼자 있는 것이 아니었다. 아이다호 한가운데 있는 바로 이곳에서 나는 대지를 발견했다. 외경심이 일 정도로 드넓은 이곳에서 신과 대지를 발견한 것이다. 마침내 그대들을 발견하다니, 내 마음은 날아갈 듯 기뻤다.

여기까지 타자를 친 뒤, 타자기에 종이가 끼워져 있는 모습을 스냅 사진에 담았다. 그 배경에는 들풀이 덮인 광활한 벌판과 그 너머로 구름 가득한 하늘이 있었다. 나는 끝 간 데 없이 펼쳐진 그 대지를 바라보고 또 바라보았다. 그러자 기적처럼 짧은 순간, 내 마음의 눈은 지평선을 뛰어넘고 지구의 둥근 면을 휘어 돌아, 하나가 된 세상의 나라들 전체를 볼 수 있었다. 모든 나라가 이 대지 위에서는 하나였다. 그 순간 가슴이 벅차오르며 나도 모르게 눈물이 쏟아졌다.

세상과 하나가 되는 이 순간, 나는 처음으로 신이 존재한다는 것을 알았다. 그것을 어떻게 알았는지는 묻지 말라. 그분은 우리들을 서로 연결시키고, 또한 우리보다 위대한 것을 우리와 하나로 연결시켜 주는, 모든 사람의 어머니와 아버지이다. 그분은 보잘것없는 이 댄 헐리에게도 신경을 써주실 것이다. 신은 많은 은하계로 이루어진 대기업을 멀리서 운영하는 회장님이 아니라, 내 마음 가까이 있는 분이다. 그날 신의 손가락은 내가 레밍턴 타자기의 자판을 두드리는 것만큼 세차게 내 영혼을 두드렸다.

이윽고 나는 의자를 접고 타자기를 상자에 집어넣은 뒤, 다시 가시 울타리를 기어 나와 차로 돌아왔다. 연료계 바늘이 제로를 가리키고 있는 것이 보였지만, 나는 더 이상 기름이 떨어진 것을 걱정하지 않았다. 당시 무슨 일이 일어났다 해도, 이를테면 사막 한가운데서 기름이 바닥나거나, 다른 차와 충돌을 하거나, 감옥에 처넣어지더라도 그 모두가 멋진 일이었을 것이다. 왜냐하면 그 모든 일들이 같은 대지 위에서 일어난 것이고, 그 대지 안에는 더 이상 나쁜 곳이란 없었기 때문이다. 깊은 평화와 안정감이 나를 감쌌다. 그런 마음은 여행 내내 계속되었다. 이제 여행을 망칠 염려는 없었다. 대지와 신의 발견과 더불어 또 한 가지 중요한 것은 생에 대한 신뢰감의 회복이었다.

8월 25일 일요일, 데스 모이네스에서 북쪽으로 고속도로를 달리던 나는 올맨 근처에서 작은 교회 간판을 발견했다. 나는 그곳으로 차를 몰아 오전 10시쯤 교회 안으로 걸어 들어갔다. 그런데 내가 자리에 앉은 지 채 2분도 안 돼 예배가 끝났다.

옆에 앉은 예순쯤 돼 보이는 부인이 내게 말을 붙였다.

"커피 한잔 하러 오시겠어요? 우리는 새로운 사람을 만나는 걸 좋아한답니다."

나는 기꺼이 초대에 응했다. 커피와 도넛을 차려놓은 교회 지하실로 내려갈 때까지 열 명이 넘는 사람들이 자신을 소개했다. 순식간에 그들은 내가 누구이며 무슨 이유로 미국 전역을 여행하고 있는가를 알아냈다.

목사가 청중을 향해 큰 소리로 말했다.

"여러분, 드릴 말씀이 있습니다."

수다를 떨고 있던 쉰 명 남짓한 사람들이 기대에 찬 표정으로 일제히 입을 다물었다.

"우리는 오늘 매우 특별한 손님을 맞았습니다. 그분은 뉴욕 브루클린에서 오신 유명한 작가 댄 헐리 씨입니다. 우리 모두 반갑게 그분을 맞이합시다."

나는 순식간에 사람들에게 에워싸였다. 모두들 내 손을 잡으며 환영의 말을 했다. 다들 내 60초 소설에 많은 관심을 보이는 것 같아, 차에서 타자기를 가져와도 괜찮냐고 물어보았다. 물론 한 사람도 빠짐없이 대찬성이었다.

5분 뒤, 그곳에 모인 사람들 모두가 흥분해서 지켜보는 가운데 나는 타자기를 두들기고 있었다. 마침내 그들 중 세 사람이 근처에 있는 '옥의 정원'이라는 중국 식당에 가서 함께 점심을 먹자고 말했다. 그들은 프리다 레먼과 딘 레먼 부부, 그리고 과부가 된 시누이 셀바였다. 아이오와 주의 농부들이 중국 음식점에서 식사를 하려는 것을 보고 나는 약간 놀랐다. 그들 자신도 이전의 생활과는 많은 것이 달라졌음을 인정했다.

"옛날에는 식당에 가서 음식을 먹는 것이 참 대단한 일이었어."

우리가 자리를 잡고 앉자 프리다가 말했다.

내가 물었다.

"그때는 사람들이 저녁을 먹으러 자주 나가지 않았나 보죠?"

남자가 말했다.

"그런데 당시에는 그것을 저녁 식사라고 부르지 않았어요. 우리는 저녁 식사를 야식으로 불렀소. 그리고 우리가 당시에 저녁 식사라고 부른 것은 지금의 점심이었구요."

여자가 말했다.

"그리고 지금의 점심은 그 사이에 먹는 거였어요. 간단히 먹는 새참이었지요."

"그럼 저녁 식사가 야식이었고, 지금의 야식은 점심이었나요?"

뭐가 뭔지 헷갈린 나는 그렇게 물었다.

남자가 다시 말했다.

"아니오. 지금의 저녁 식사가 점심이었소. 지금의 야식은 저녁 식사였고, 점심은 그 사이에 먹는 새참이었소."

그들의 말이 마치 60년대 코미디언들의 헷갈리는 말장난처럼 들리기 시작했고, 그래서 나는 마음 편히 생각하기로 했다. 달걀을 넣은 스프를 떠먹는 동안 그들은 그것 말고도 농장에 더 중요한 변화가 많이 일어났다고 말했다. 이를테면 그들의 아들은 전에 일곱 식구가 농사짓던 땅을 혼자서 경작하고 있었다. 기계화가 이루어졌기 때문이다. 또 한때는 그 고장의 모든 집들이 소, 돼지, 닭 등을 키웠지만, 지금 그곳에 사는 농부들은 거의 가축을 키우지 않는다고 했다. 아예 사업으로 여기고 매달리지 않는 한, 가축들에게 감당하기 어려운 돈이 들어가기 때문이었다. 사실 그 지역에 사는 대부분의 사람들은 이제 더 이상 농부가 아니었다. 그들은 근처 도시로 출퇴근하며 살아가고 있었다. 그들 중 누구도 프리다와 딘 레먼 부부처럼 35년 동안 대지에 매달려 살아가기를 원치 않았다. 이들 부부가 농사꾼의 혈통을 잇는 마지막 사람들처럼 보였다. 고전적인 농부의 생활양식이 바로 내 눈앞에서 사라지고 있었다.

계산서가 나오자 그들은 서로 돈을 내겠다고 나섰다. 식당을 나온 그들 부부는 아들이 운영하는 거대한 농장으로 나를 안내했다. 하지만 막상 아들은 없었고, 며느리 린다 혼자서 집을 지키고 있었다. 그녀는 내게 돼지우리를 보고 싶으냐고 물었다. 그 말이 끝나기 무섭게 그들은 커다란 고무장화와 작업복을 내게 건네주었다. 린다는 암돼지들이 새끼를 낳는 분만우리로 나를 데려가더니 새끼 돼지 한 마리를 안겨 주었다. 새끼 돼지를 내려놓는데, 귀여운 작은 돼지가 하마터면 내 타자기에다 오줌을 쌀 뻔했다. 그들에게 내가 채식주의자라는 것을 차마 밝힐 수 없었던 나는 돼지들이 이곳에 있는 것을 좋아하는지 린다에게 많은 질문을 했다. 그녀는 돼지우리에 있는 것을 너무 싫어한 나머지 마침내 탈출을 시도한 어느 돼지에 대해 말해 주었다. 나는 곧바로 그 이야기를 글로 써야겠다는 생각이 들었다.

: 분만우리에서 탈출하다

린다 부부는 아이오와 주 올맨에 있는 자신들의 농장에서
사백 마리 정도의 살찐 돼지들을 키운다. 그리고 1년에 약
천 마리를 내다 판다. 하지만 돼지들에게도 나름대로의
개성이 있다.
아직 임신 경험이 없는 암돼지가 첫 새끼를 가지면서
분만우리에 넣어졌는데, 돼지는 그것을 무척 불행하게
여기고 있었다.
린다가 말한다.

"그 돼지는 폐소공포증을 갖고 있는 것 같았어요. 남편은 내가 말도 안 되는 소리를 한다고 했지만, 그 돼지는 계속 떼굴떼굴 구르고, 잠도 안 자고, 씩씩거리며 안절부절 했어요."

이 암퇘지의 신경이 왜 날카로워졌는지 아는 것은 그리 어렵지 않다. 좁은 곳에 갇혀 있기 때문이다. 린다 부부는 돼지들이 밖에서 뛰어놀 만한 공간을 갖고 있지 않다. 게다가 만일 돼지들이 밖으로 나가 새끼를 낳는다면, 어미 돼지가 새끼를 깔고 앉거나, 새끼들이 진흙 속으로 들어가 상처를 입을 것이다. 따라서 돼지들을 우리 안에 가둬 둘 수밖에 없다.

어느 면에서는 분만우리의 환경이 나쁘다고만 볼 수 없다. 우리 안은 겨울에도 25도를 유지하며, 여름에도 그다지 덥지 않다.

린다는 말한다.

"모르긴 몰라도 노숙자들이 처한 환경보다는 훨씬 좋을 거예요."

그럼에도 불구하고 돼지 한 마리는 이런 우리를 좋아하지 않았다. 마침내 일주일 전인 토요일, 보다 못한 린다는 돼지우리 문을 열고, 그 돼지를 밖으로 내보내 주었다. 돼지는 린다가 문을 열자마자 곧바로 뛰쳐나갔고, 며칠 동안 밖에서 서성였다. 그런데 그들 부부가 주말에 잠시 외출을 했다가 돌아와 보니, 그 돼지가 눈에 띄지 않았다.
자유를 찾아 떠나간 것이다. 머나먼 곳으로. 한 마리 탈출한
돼지가 되어.
암퇘지는 남은 생을 들판 저편에서 살 수 있었다. 풀을
뜯어먹고, 연못의 물을 마시며, 울타리 옆이나 땅에 굴을
파고 추위를 피했다. 물론 린다 부부에게는 그것이 좋은
일이 아니었다.
하지만 한 마리 돼지에게는 희망을 준 일이었다.

분만 우리에서 장화와 작업복을 입은 채로 폼을 굽혀 타자를 치면서, 나는 평생을 찾아다니더라도 아이오와 주에서 이보다 좋은 경험은 못할 것이라고 생각했다. 그들과 좀 더 이야기를 나누고, 사진도 몇 장 찍은 뒤 나는 장화와 작업복을 벗었다. 그들 부부의 친절에 감사드리면서, 나는 다시금 찌는 듯한 아이오와 주의 무더위 속으로 차를 몰았다.

기온이 37도까지 오르면서 겉옷 안에 매고 있던 넥타이를 풀고, 셔츠도 벗었다. 수학적으로 정확하게 줄을 맞춰 심은 옥수수밭과 콩밭을 지나는 순간, 맨 처음 대륙 횡단 여행을 시작할 때 머릿속으로 그리던 상상의 풍경, 다시 말해 나에게 여행의 자극을 준 최초의 생각 하나가 떠올랐다. 바로 아이오와 주의 옥수수밭 한가운데서 글을 쓰는 일이었다. 그때 '스토리 시티'라는 특이한 이름의 마을 표지판이 눈에 띄었

다. 나는 그곳을 향해 차를 돌리지 않을 수 없었다. 좀 더 차를 몰고가자 마침내 드넓은 옥수수밭이 눈앞에 펼쳐졌다. 나는 차들이 지나가지 않는 때를 엿보고 있다가, 타자기를 들고 줄지어 선 옥수수밭 이랑 사이로 쏜살같이 달려갔다. 그리고 동생 마이크에게 보내는 편지를 타자로 치기 시작했다.

: 아이오와 주 이야기 도시에 있는 옥수수밭에서
마이크에게

나는 지금 스토리 시티라는 마을의 옥수수밭 한가운데서
말 그대로 쭈그리고 앉아 이 글을 쓴다. 바짝 마른 달콤한
옥수수 줄기들이 바람에 흔들리며 탁탁 소리를 내고 있다.
지금 기온은 섭씨 40도쯤 되고 내가 흘린 땀이 타자기 위로
뚝뚝 떨어지고 있어. 날것 하나가 귓속으로 기어들어가
웅웅대고, 곤충들은 리듬에 맞춰 명명 소리를 내고 있지.
마치 원반 선수가 원반을 던질 때 나는 소리처럼.
땅은 검은색이고 매우 비옥하다. 잡초도 없어. 나와 흙과
언뜻언뜻 내려 비치는 눈부신 햇빛, 그리고 옥수수 외에는
아무것도 없어.
옥수수밭에 우스꽝스럽게 앉아 있는 내 모습이 참으로
딱하다는 생각도 든다. 어떤 농부가 내게 다가와 무얼 하고
있느냐고 묻는 장면을 나는 계속 상상하고 있어.

누가 오든 상관없이 나는 계속 글을 쓸 거야. 남의 옥수수밭에서 타자를 친다고 체포당할지도 몰라. 그것도 재미있는 일이겠지.
어쨌든 지난번 너에게 마지막으로 편지를 쓰고 난 뒤 난 여행을 떠나……

나는 한 장 분량의 편지를 타자로 치고 나서 곧장 차로 돌아왔다. 그런 다음 끈적끈적한 흙이 5센티미터나 달라붙은 운동화를 벗어, 말리기 위해 뒤쪽 창문 아래 널어놓고, 동쪽을 향해 차를 몰았다.

그 다음에는 미시간 주 로미오에 있는 인디언 힐즈 초등학교를 찾아갔다. 그곳의 교장 선생님은 유치원의 첫날 몇몇 아이들에게 60초 소설을 써줄 수 있도록 허락했다. 유치원은 8월이 거의 끝나가는 어느 월요일, 아침 8시 정각에 시작될 예정이었다.

로미오는 디트로이트 시에서 북쪽으로 불과 50킬로미터밖에 떨어져 있지 않았지만 시골스러운 길들이 도시와는 정반대의 풍경을 보여 주고 있었다. 엄마들이 두세 명의 아이들을 데리고 차타는 길까지 나와 서 있었다. 아이들은 모두 티없이 깨끗한 옷을 입고, 반짝이는 새 도시락통을 들고 있었다. 초등학교 건너편에는 큰 키를 자랑하는 옥수수들이 무럭무럭 자라고 있었다. 학교는 붉은 벽돌로 지은 1층 건물로 60

년대에나 있음 직한 모습이었다. 사실 마을 전체가 다 그렇게 보였다.

7시 30분, 학교에 도착하자 꽤 많은 학생들과 학부모들, 그리고 교사들이 벌써부터 와서 나머지 학생들을 기다리며 서성이고 있었다. 나는 아이 엄마의 허락을 얻어 데빈이라는 여섯 살짜리 여자 아이에게 지금 기분이 어떤지 물었다.

아이가 말했다.

"창피해요."

하지만 아이는 모든 준비를 갖추고 있었다. 곱슬거리는 귀여운 금발에, 목에는 자기 이름이 적힌 유치원 이름표를 달고 있었다. 게다가 아이는 이런 말까지 했다.

"나는 개와 고양이도 쓸 수 있어요."

하지만 아이는 '오늘이 첫날이기 때문'이라면서 여전히 창피해했다.

내가 물었다.

"무엇 때문에 창피하지?"

"남자애들 때문에요."

"남자애들이 어때서 네가 창피한데?"

"나는 여자잖아요."

그때 버스가 도착하더니 백여 명의 아이들이 갑자기 쏟아져 나왔다. 한 아버지는 이 역사적인 순간을 놓치지 않으려고 자기 아들을 열심히 비디오카메라로 찍고 있었다. 그에게 아들과 이야기를 나눠도 좋겠냐고 묻자, 그는 기분 좋게 허락했다. 다음이 내가 그 아이에게 써준 60초 소설이다.

⋮ 새가 되고 싶어요

조엘 몰론의 유치원 첫날은 지금까지 아주 좋아 보인다.
아버지가 자기를 비디오로 찍어 주려고 유치원에 오셨다.
조엘은 비디오에 찍히는 게 조금은 쑥스러웠다.
아이는 학교생활이 멋질 거라고 생각한다. 앞으로 무슨 일이 일어날지 아이는 잘 모른다. 그리고 자기가 컸을 때, 무엇이 되고 싶은지도 정확히 모른다. 하지만 몇 가지 생각은 갖고 있다.
아이는 말한다.
"소방관이 될 거예요. 또는 새 조련사나, 아니면 새가 될 거예요."
새라구???
"새들은 정원 위를 날아다니고, 벌레를 잡아요. 나는 새가 되었으면 좋겠어요. 그러면 하늘을 날아다닐 수 있잖아요."
하지만 그가 교실에 들어가기 전에 대답해야 할 중요한 질문이 있다.
"넌 벌레를 먹고 싶니?"
"아아니요~!"

10분도 채 안 돼 모든 아이들이 줄을 서서 씩씩하게 교실로 행진해 들어갔다. 그 순간 나는 검은색과 금색이 섞인 사인펜을 잃어버린 것을 깨달았다. 교장은 내가 조엘의 이야기를 쓰던 자갈밭을 둘러보고는, 20초 만에 펜을 찾아 주었다. 그는 자신이 54년 동안 학교에 있었다고 말했다. 교장으로서 25년, 아이들을 가르치며 10년, 거기에 대학과 대학원 6년, 초등학교와 중고등학교 13년을 모두 더하면 54년이라는 것이었다.

그는 말했다.

"해가 갈수록 새해가 더 기다려집니다. 언제가 마지막 해가 될지 모르기 때문이지요. 학교의 첫날은 한 해 중에서도 가장 흥분되는 날일 거예요. 당신도 우리의 들뜬 모습을 볼 수 있을 겁니다. 밝은 빛깔, 새 옷, 그래서 사람들은 모두 새해를 기대하지요."

마치 지평선 너머로 새해가 펼쳐지는 것이 보이는 것처럼 그는 학교 남쪽 언덕을 응시하다가 이렇게 말했다.

"이곳은 이 저지대 부근에서 서너 번째로 높은 지대일 겁니다. 맑은 날에는 동쪽으로 캐나다, 남쪽으로는 디트로이트를 볼 수 있습니다. 아마 당신은 그 사실을 몰랐을 겁니다."

역시 그분은 교사였다. 그때 우리 뒤쪽에서 목소리가 들려왔다.

"길을 잃었어요!"

뒤를 돌아보자 자그마한 조엘이 닭똥 같은 눈물을 흘리며 서 있었다.

"모두 안으로 들어갔어요, 사람들이 어디로 갔는지 모르겠어요!"

교장이 아이를 교실로 데려가고, 나도 그 뒤를 따라갔다. 조엘의 담임교사는 내가 반 전체를 위해 60초 소설을 써도 좋다고 허락했다. 앞으로 13년 동안 맞이할 일들에 대해 교사가 아이들에게 열심히 설명하는 동안, 나는 아이들 의자에 앉아 타자를 쳤다.

⋮이미 학교의 첫 순간은 지나갔다

유치원 첫날이 시작되기 전에 이미 수백 수천억 년이
지나갔다. 인디언 힐즈 초등학교 페츠골드 선생님의 반
아이들인 조엘, 캐시, 페트릭, 브라이언, 제이미, 니콜과 그
밖의 다른 아이들이 도착하기 전에 이미 그만큼의 오랜
세월이 지나갔다.
아이들은 모두 이름표를 달고 있다.
마리아가 묻는다.
"지금 놀아도 돼요?"
페츠골드 선생님이 대답한다.
"아직 안 된단다."

한 조그만 남자 아이는 선생님의 출석부에 이름이 없다. 그래서 선생님은 반을 알기 위해 아이를 교무실로 데려간다. 선생님이 나가 있는 동안 아이들은 손님인 나에게 몰려와서 자기가 커서 무엇이 되고 싶은지 앞다투어 말한다.

제시카가 말한다.

"치과의사요."

스테파니가 말한다.

"발레리나요."

페츠골드 선생님이 반으로 돌아와, 아이들에게 노래를 가르쳐 준다.

'기분 좋을 때 우리는 이렇게 하지요~.'

우선 아이들은 박수를 치고, 다음에는 펄쩍 뛰었다 앉고, 뒤로 돌고, 손을 높이 들었다 내리고, 쪼그리고 앉았다가 다시 일어선다.

페츠골드 선생님이 말한다.

"좋아요. 다음에 할 것은, 여러분 저기 국기가 보이나요? 자, 국기를 향해 오른손을 심장 위에 올려 봐요. 여러분 모두 심장이 어디 있는지, 어디서 뛰는지 알지요? 그러면 이제 우리는 이렇게 말하는 거예요. '빨강, 하양, 파랑색 우리나라 국기에 맹세합니다. 나는 우리나라를 사랑합니다.' 자, 따라하세요."

수천억 년을 기다린 뒤에 맞이한 학교의 첫 순간은 이미 지나갔다. 하지만 페츠골드 선생님 반의 스물두 명 학생들은 그 순간을 영원히 기억할 것이다.

이 소설을 큰 소리로 읽어 주자 귀여운 제시카가 말했다.

"치과의사가 되고 싶다고 말한 애는 마리아예요. 내가 아니라."

모든 사람들이 날카로운 비평가이다.

페츠골드 선생님이 말했다.

"정말 멋진 소설이에요!"

그녀는 자신의 어린 학생들에게 말하는 것과 똑같은 말투로 말했다.

밖을 보니 어제의 참기 힘든 습기와 열기는 많이 수그러들었다. 기온은 25도가 약간 넘고, 하늘은 너무 깨끗해서 아예 투명해 보였다. 멀리 졸업식 날이 보일 정도로.

로미오의 순박한 사람들을 떠나 디트로이트 시를 향해 차를 몰았다. 그곳에서 오래된 대학 친구를 만나 함께 점심을 먹었다. 나는 이 도시의 가장 험악한 곳에서 누군가에게 60초 소설을 써주고 싶다고 친구에게 말했다.

"그렇다면 두 말할 필요도 없이 카스 거리지."

친구는 자신 있게 말했다.

"그 거리를 쭉 따라가 봐. 들어가면 갈수록 점점 무시무시해질걸."

나는 가장 무서워 보이는 길거리를 찾아 차를 몰고 반시간쯤 가다가 황량한 모습의 낡은 건물이 나타나는 것을 보고 그쪽으로 차를 꺾었다. 말라빠진 매춘부들이 거리를 배회하고 있었고, 한 무리의 남자들이 현관 계단에 앉아 있었다.

"여봐, 친구. 나한테 두 장만 빌려 줄래?"

나비넥타이를 매고 타자기를 들고 걸어가는데 한 깡마른 녀석이 말을 걸었다. 나는 그에게 다가가 내 상황을 설명했다. 지금 미국 전역을 여행하면서, 사람들의 이야기를 듣고 그 자리에서 그들의 인생 이야기를 써주고 있다고.

그가 말했다.

"두 장만 주면 당신에게 내 이야기를 해주지."

하지만 나는 그의 제의를 받아들이지 않았다.

그의 곁을 지나서 걸어가는데, 다시 세 명의 사내가 위쪽에서 내려왔다. 그들 중 한 명은 서커스단의 차력사처럼 몸집이 거대하고 거칠 것이 없어 보였다. 내 곁을 지나가던 그는 축축한 엄지손가락으로 내 귀를 탁 쳤다. 가슴이 두근거렸다. 당황하지 않으려고 했지만, 그들이 나를 에워쌀 것 같아 걱정이 앞섰다. 그때 몇 걸음 위쪽에 있는 자가 말했다.

"어이, 당신 인구 조사하러 온 거 아니야?"

나는 그에게로 가서, 내가 무얼 하고 있는지 설명했다.

그가 말했다.

"그럼 내 이야기를 해주지. 하지만 교회로 가자구. 당신 여기 있다간 복권 티켓을 받을 거야."

"뭐라구요?"

"복권 티켓도 모르나? 경찰한테 받는 것 말이야. 놈들은 1시간 20분마다 이곳을 지나면서 주변에 서 있는 사람 아무에게나 벌금 티켓을 준다구."

교회로 가면 그의 작전에 걸려드는 것일지도 몰라 걱정이 됐지만, 한편으로는 맞는 말 같기도 했다. 더구나 이미 많은 사람들이 교회를 들락거리고 있었다.

나는 그를 따라가기로 마음먹었다.

그가 말했다.

"내 이름은 패트릭이오."

그는 이곳이 얼마나 지독한 곳인지 설명하기 시작했다. 그의 말을 들을수록, 이렇게 위험한 곳에 오다니 내가 미친 짓을 했구나 하는 생각이 점점 더 들었다. 하지만 그는 좋은 사람 같아 보였다.

최근에 바닥에 넘어져 부딪친 것처럼 그의 머리에는 큼지막한 혹이 하나 매달려 있었다. 그의 이야기 중에 내 마음을 사로잡는 특별한 구절이 있어서, 나는 그것을 소설의 제목으로 정했다.

: 내가 있는 세상은 진짜 세상이 아니다

패트릭은 디트로이트 시의 카스 거리와 알렉산드리안 거리가 만나는 지저분한 길모퉁이에서 19년째 살고 있다.
그는 말한다.
"이보다 더 하층 지역은 세상에 없을 거요."
패트릭은 자신의 손님에게 길거리에 서 있는 것은 너무 위험하다고 일러 주며, 거기서 조금 떨어진 카스 감리교회로 데려간다.
패트릭의 세 형제는 바로 이 거리에서 살해당했다.
그는 말한다.
"하지만 나는 아직도 이곳에 있소. 다른 데는 갈 곳이 없거든. 내가 있는 곳이 진짜 세상이 아니라는 것은 나도 알고 있소. 하지만 나는 진짜 세상에서는 어울려 살 수 없을 거요."
그는 마약 밀매업으로 생계를 이어 간다. 아침 9시 경에 일어나 그는 거리의 마약 중개인들에게 어떤 도움이 필요한가를 묻는다.
이 거리에서는 대개 두쉬라는 헤로인을 판다. 하지만 그들은 그것을 '사람을 바보로 만드는 것'이라고 부른다.
이 모든 것을 이해하기는 어렵다. 그가 옳다. 이곳은 다른 세계이다.

하지만 패트릭은 좋은 친구처럼 보인다.

그는 말한다.

"나는 독신이오. 결혼한 적도, 아이를 가진 적도 없소. 이런 생활을 변화시킬 이유가 나한테는 아무것도 없었소. 그래서 나는 다른 친구들처럼 이곳에 나와서 자살행위나 다름없는 마약 판매 일을 하고 있는 것이오. 그것뿐이오. 조만간 내게 불행한 일이 닥칠 거요. 그것은 정해진 사실이나 다름없소.

하지만 나는 그것을 걱정할 시간이 없소. 끊임없이

사람들과 뒷골목을 살펴야만 하고, 차와 트럭을 감시해야만

하오. 어디서 총알이 날아오더라도 운 좋게도 나를 피해

가기를 바랄 뿐이오. 이 거리에서는 매일 낮 매일 밤

누군가 총에 맞거든."

패트릭에게 행운과 신의 가호가 있기를. 그가 진짜 세계로

가는 길을 발견할 수 있기를.

이 글을 읽어 주자, 그는 말했다.

"그 무엇을 위해서도 난 이곳을 떠나지 않을 거요. 난 이곳에 있는 것이 좋소. 이곳에 있으면 조금은 살아 있는 느낌이 들거든. 지금 내 나이가 마흔 여덟인데, 이곳에 살지 않았다면 벌써 지팡이를 짚고 다니는 노인처럼 보였을 거요. 난 흥분된 삶을 사는 게 정말 좋소."

자리에서 일어서려는데, 그가 갑자기 주춤했다.

그가 말했다.

"몇 주 전 다리에 총을 맞았거든. 그래서 일어나기가 좀 힘든 것뿐이오."

우리는 악수를 나누고 작별 인사를 했다. 서둘러 차로 돌아온 나는 카 오디오가 그대로 있는 것을 보고 안도의 한숨을 쉬었다.

미국 횡단 여행 마지막 날, 고속도로를 벗어나 조금 내려가자 매사추세츠의 콩코드라는 마을이 나타났다. 마을의 역사 지도를 살펴보던 나는 19세기 후반기에 시인이며 사상가인 랄프 왈도 에머슨, 『월든』의 저자 헨리 데이비드 소로, 그리고 『주홍글씨』의 작가 너새니얼 호손과 『작은 아씨들』을 쓴 루이자 메이 올코트가 불과 1.5킬로미터도 떨어지지 않는 곳에서 함께 살았음을 발견했다. 소로의 유명한 오두막은 마을에서 겨우 2킬로미터밖에 떨어져 있지 않았다. 그리고 지금 그들 네 사람은 마을의 공동묘지에서 70미터도 안 되는 거리를 두고 평온히 잠들어 있었다.

차를 몰아 공동묘지에 도착한 나는 레밍턴 타자기를 꺼내 들고 소로의 무덤으로 갔다. 그리고 잔디밭에 앉아 미국의 유명한 작가 네 명에게 바치는 찬사의 소설을 썼다.

: 에머슨, 올코트, 호손, 소로

그들은 너무나 가까운 곳에 함께 누워 있다! 이들 미국 문학의 천재들은 민주주의라는 커다란 사과나무에 매달린 붉은 사과들이다. 그들이 석 달 동안 해낸 일들을 디지털 카메라와 애플 컴퓨터와 핸드폰, 그리고 수백만 명의 대학 졸업생들을 갖고 있는 우리는 왜 30년에 걸쳐서도 해낼 수 없을까?
그들은 이웃에 살면서, 서로 집을 팔기도 했다. 그들의 글을 읽고 나서 누군가는 이렇게 말할지도 모른다.
"마치 루이자 메이 올코트가 호손의 옆집에 살고, 호손은 소로와 에머슨의 집 길 건너편에 살았던 것 같아요."
그런데 실제로 그러했다. 어떤 신성한 씨앗이 이들 네 쌍둥이를 탄생시킨 것일까? 사랑하는 루이자, 어떤 씨앗이 그처럼 거대한 나무로 성장하게 되었나요? 아, 그때로 돌아가, 그들과 함께 살 수 있다면 얼마나 좋을까.
에머슨에게 돈을 얼마 빌리고, 조금만 걸어서 월든 호숫가로 갈 수 있다면! 시골 마을에서는 고독과 자립심을 발견할 수 있을 텐데! 그들의 잔디를 발로 밟으며 돌아다닐 수 있다면 얼마나 좋을까. 우리의 잔디는 가늘고 누렇게 뜨고, 더구나 봄마다 '출입금지'라는 수천 개의 팻말이 함께 자라지 않는가.

그들에게 이렇게 물어볼 수 있다면 얼마나 좋을까.

"우리가 모르는 것을 어떻게 알고 있었나요? 우리가 잃어버린 것을 어떻게 갖고 있었나요?"

우리의 이런 바람은 헛된 것이 아니다. 우리의 기도에 전혀 응답이 없는 것은 아니다. 왜냐하면 그들은 색깔이 벗겨지고 점점 희미해지는 그런 그림을 그린 화가가 아니었으니까. 그들은 위대한 작가였으므로, 그들의 글은 결코 변하지 않고, 썩지 않고, 습기가 차지 않고, 쪼개지지 않고, 얼룩이 묻지 않고, 죽지 않는다. 그들이 죽음을 피할 수 없는 인간이었다는 사실보다 더 가까이 느껴지는 것이 있다. 그것은 그들이 우리의 책장 속에 영원히 서 있다는 사실이다. 그들은 변함없이 새로운 세대의 손에 들려져 있다. 새로운 세대는 그들과 함께 이야기하고, 함께 숲으로 산책을 떠난다. 그리하여 조용하고 은밀하게 그들은 우리들 자신이 되는 것이다.

이 글을 소로의 무덤가에 놓고 스냅 사진을 찍은 뒤 그곳을 떠났다. 뉴욕 브루클린의 집을 향해 먼 길을 가면서, 다시금 앞차들의 빨간색 미등이 친근하게 다가오고, 라디오의 푸른색 다이얼이 따뜻하게 느껴질 때쯤, 나는 한 가지 사실을 깨달았다. 이 엉뚱한 직업에 작별 인사를 하려고 떠난 여행이 오히려 그것을 스스로 인정하는 여행이 되었다는 것을.

#11.
우리 모두의 삶과 죽음

시카고의 길거리는 물론 뉴욕의 화려한 파티에서도 나는 글을 썼다. 하지만 내가 어느 곳에 있든 생전 처음 보는 사람들이 내게로 다가와 자신들의 인생 경험을 말해 주었다. 그들의 삶에서 마주친 사랑, 아이들의 죽음, 그리고 배우자와의 사별 같은 더없이 개인적인 이야기들을 들려주었다. 그들의 이야기를 들으면서 나는 죽음이 삶이라는 위대한 이야기의 일부라는 것을 알게 되었다. 우리의 인생 이야기에 '끝'을 쓰는 일은 우리에게 마지막이자 가장 큰 도전인 것이다.

예순 번째 생일을 축하하는 한 파티에서, 나이 지긋한 여자가 내게 손을 흔들었다. 나는 타자기를 들고 그녀 옆의 빈 자리로 가서 앉았다. 파티가 무르익어 가면서, 대부분의 사람들은 무대로 나가 춤을 추고 있었다.

내가 물었다.

"남편은 어디 계십니까?"

그녀가 말했다.

"남편은 파티 시간에 맞춰 올 수가 없었어요. 그이는 요트 클럽 회장인데, 아주 급한 일이 생겼거든요."

아주 가볍게 대화를 시작했지만, 이야기가 길어지면서 우리는 점점 깊이 빠져들었다. 그녀가 내 손을 꼭 잡으며 말했다.

"당신은 마치 목사님 같아요."

마침내 그녀의 이야기를 글로 옮기자, 그녀는 자신의 글을 받아들고 말했다.

"집에 가서 꼭 읽어 볼게요."

나는 그녀에게 다음의 글을 써주었다.

: 안개 속에서 배를 타다

시내에 나올 때 에밀리와 조지는 언제나 한결같은
모습이다. 조지는 다정하고 사교적이며 행복한 모습이다.
에밀리는 조용하고 수줍어한다. 하지만 집으로 돌아오면

상황은 정반대가 된다. 조지가 조용히 있는 것이다. 반면에 에밀리는 부부끼리만 있을 때는 훨씬 활발해진다.

그녀는 진심으로 자신이 행복하다고 생각한다. 너무도 분명하게. 하지만 집에 있는 조지는 슬퍼 보인다. 그에게는 그럴 만한 이유가 있다.

그들의 두 아이가 먼저 세상을 떠난 것이다. 아들이 먼저 선천적인 질병으로 죽고, 곧이어 딸마저 배를 타다가 사고로 사망했다. 이런 일이 있으리라고 누가 상상할 수 있었겠는가?

그런 일들을 겪은 뒤 에밀리는 자신의 내면을 들여다보고, 그곳에 무엇이 있는지 볼 수 있었다. 그녀에게는 여전히 그녀의 하느님과 자기 자신, 그리고 남편과 친구들이 있었다. 아들과 딸도 그녀 곁에 있었다. 아이들은 결코 엄마 곁을 떠나지 않았다. 정말로 그랬다. 그래서 그녀는 그 불행한 일들을 이야기할 수 있고, 피하지 않고 받아들일 수 있었다.

조지는 아직은 그렇게 할 수 없는 듯하다. 그는 밖에 나가 술을 마신다. 충분히 이해할 수 있는 행동이다.

하지만 그는 캘리포니아 요트 클럽 회장이 아닌가? 그는 안개 속에서 배를 조종하는 법을 분명히 알고 있어야 한다. 안개 속에서 울리는 경적소리를 듣고, 부표나 불빛을 보면서 길을 찾을 수 있어야 한다. 부표와 불빛들은 그의 아내와 아이들과 그의 하느님이기 때문이다.
지금 세상의 안개 속에서 그는 더 이상 그것들을 볼 수가
없다.
하지만 그는 완전히 길을 잃은 것이 아니다. 에밀리는
곁에서 표류하고 있는 그를 볼 수 있다. 그가 손을 뻗기만
하면…….

1990년 9월 어느 오후, 클리브랜드에 있는 힉비스 백화점에서 조이스라는 이름의 여성을 만났다.

⋮새로운 시작

조이스는 월요일과 화요일에 있는 약물치료를 방금 끝냈다.
자궁암 때문이다. 자궁을 모두 들어냈기 때문에 의사는
그녀에게 약간의 약물만을 투여했다. 그것은 머리카락이
빠질 정도의 양은 아니었다. 초기에 암을 발견했기
때문이다.
퇴원을 하기 전, 그녀는 의사들이 시키는 대로 병원 안을
걸으며 운동을 하다가 약물치료를 받고 있는 세 여자를
보았다. 한 여자는 머리에 수건을 둘렀고, 다른 두 여자는
머리가 마치 솜털로 덮인 복숭아 같았다. 자신이 그런
모습이 될 수도 있었다는 것을 그녀는 잘 알고 있었다.

그녀는 또한 신이 자신을 살려 주면서 틀림없이
무엇인가를 맡겼으리라는 걸 알고 있었다. 아직은 그것이
무엇인지 모르지만, 그녀에게는 분명히 뭔가 할 일이 있을
것이다.

그녀의 친구 지니가 작년에 암에 걸렸다. 조이스는
그녀에게 좋은 친구가 되어 주려고 노력하면서 이렇게
생각했었다.

"만일 내가 저런 상황이 되면 어떨까?"

그녀는 친구 지니가 큰 교훈을 배워 나가는 것을
지켜보았다. 지니는 자기 시간을 갖고 작은 기쁨을 누리는
것이 정말 중요하다는 것을 깨닫고 있었다. 아이들이 정각
6시에 저녁을 먹자고 해도 미처 준비를 안 했다면 지니는
직접 해 먹으라고 말했다.

"얘들아, 여기 프라이팬이 있고 저기 가스레인지가
있으니까 너희들이 해 먹어."

그녀는 아이들에게 그렇게 말했다. 일주일에 하루는 자신을
위한 시간이었다. 하느님이 하루를 쉬신다면 지니 또한
자신의 휴일을 가질 충분한 자격이 있었다.

이제 두 사람은 새로운 출발점을 발견했다. 마치 인생이
세탁기에 들어갔다 깨끗이 빨아져 나온 듯했다. 밝은 것은
더 밝아지고, 즐거운 것은 더 즐거워지고, 따뜻한 것은 더
따뜻해졌다. 그리하여 조이스가 집에 가서 과자 한 봉지를

먹더라도, 그것은 그녀에게 더없이 아름답고 멋진 경험이
될 것이다.
빨래를 하면서도 그녀는 가슴이 벅차 눈물을 흘릴 것이다.
쓰레기를 버리는 것은 종교적인 일이 될 것이다.
왜냐하면 낡은 것들이 모두 새로워지고 있기 때문이다.
그리고 그러한 경이로움은 암처럼 불쾌하고 기분 나쁜
일에서 비롯될 수도 있다. 이런 것이 바로 기적이다.

1996년 11월 23일에 열린 어느 파티에서 소냐라는 이름의 70대 할머니 한 분을 만났다. 그 할머니는 거의 15분 동안 자신이 어떻게 지금의 남편을 만났는가를 이야기했다. 할머니는 그것이 '아주 아주 긴 이야기'라고 미리 경고했지만, 나는 끝까지 진지하게 귀를 기울였다.

⋮아주 긴 이야기

소냐는 아우슈비츠 유태인 수용소에서 바샤라는 이름의
40대 여자를 만났다.
바샤는 소냐를 마치 친딸처럼 대해 주었다. 소냐가 완전히
혼자였기 때문이다. 소냐의 두 여동생은 이미 죽음을 당한
뒤였다.
전쟁이 끝나고 아우슈비츠의 문이 열리자 바샤는 아들을

찾아 나섰다. 그녀는 떠나면서 소냐에게 이렇게 말했다.
"아들을 찾으면, 너는 내 며느리가 될 거다."
소냐와 바샤는 각자 지신의 길로 떠났다. 마침내 바샤는 아들 모리스를 찾았다.
그녀는 아들에게 말했다.
"너를 위해 내가 여자를 구해 놓았다. 그 아이 이름은 소냐다."
엄마와 아들은 다른 난민들과 함께 이 마을 저 마을로 돌아다녔다. 어느 날 아들 모리스는 기차에서 잠을 자고 있었다. 문득 잠에서 깨어난 그는 기차에서 내려 그 지역에 사는 유태인들을 찾아 나섰다. 그는 그곳에서 비엘리스톡 출신의 사람들을 간신히 찾아냈다. 그리고 그들 중에서 소냐를 발견했다.
그날 이후로 그는 소냐 곁을 한 번도 떠나지 않았다.
이제 그들이 만난 지 51년이 되었다.
"우리는 서로를 좋아하고, 서로를 사랑해요. 젊었을 때보다 지금 더 서로를 아끼고 있어요."
소냐의 말이 맞다. 그것은 아주 긴 이야기였다.
그리고 아주 행복한 이야기였다.

1992년 9월 21일, 코네티컷에서 열린 한 파티에서 소설을 쓰고 있었다. 약물 중독자 재활 프로그램을 위한 파티였다.

나는 그곳에서 화려한 파티에 보통 나타나는 친구들, 이를테면 의사나 변호사나 기업 임원들 대신 회복 중에 있는 여러 약물 중독자들과 이야기를 나눌 기회를 가졌다. 그 중에는 조셉이란 친구도 있었다.

: 자신의 꿈으로 돌아간 남자

조셉에게는 꿈이 있었다. 어떤 사람은 자기 인생에서
그만큼의 꿈도 꾸지 않지만, 적어도 조셉은 꿈을 갖고
있었다.
그는 캘리포니아의 로스앤젤레스에 있는 꿈을 꾸고 있었다.
고속도로를 달리며 핸드폰으로 방송국 프로듀서에게
이렇게 말하는 것이다.
"잘 들어, 이 친구야. 자네가 나한테 와줘야겠어. 내가 지금
무척 바쁘거든."
조명과 카메라 속에서 그는 멋진 연기를 할 것이다. 그것도
비중 있는 연기만을.
하지만 어딘가에서 그의 꿈은 좌회전을 하고, 교통 체증에
갇혀 버렸다. 그는 대학에 갔지만 사랑하는 어머니가 병에
걸렸다. 그래서 그는 집으로 돌아가야 했고, 학교 일은
잊어버렸다. 오랫동안 고통을 겪은 뒤 어머니는
돌아가셨다. 장례식을 끝내고 얼마 지나지 않은 어느 날

아침, 조셉은 감옥 안에서 눈을 떴다. 어느 사교 클럽을 턴 것이다. 그는 술독에 빠져 있었다. 자신의 꿈을 잊어버렸다. 어머니는 세상을 떴고, 그도 따라갈 준비가 되어 있었다.

하지만 형기를 마치고 다시 과거의 나쁜 습관으로 돌아가려는데, 그 일이 일어났다.

무엇인가가 그의 소매를 잡아 끈 것이다.

"날 그냥 놔둬."

그는 계속 걸어가려고 했다. 하지만 그것이 바짓가랑이를 붙잡고 늘어졌다.

그의 꿈이.

그의 희망이.

그의 미래가.

그의 아버지와 어머니, 그리고 그가 인생에 대해 언제나 생각했던 것이.

마침내 그는 걸음을 멈추고, 몸을 돌려 지신의 꿈을 내려다보았다.

그가 물었다.

"좋아, 그렇게 대단한 당신은 누구지? 도대체 나한테서 뭘 원하는 거지?"

하지만 그곳에는 아무것도 없었다.

바람만이 윙윙대며 허공을 맴돌고 있었다.

그래서 조셉은 꿈이 간 곳을 찾기 위해 약물 중독자 재활
센터를 찾았다.
그의 앞에는 길고 험한 길이 놓여 있다.
하지만 조셉은 시작했다. 지금 중요한 것은 자신의 꿈에
이르기 위해 포기하지 않고 그 길을 가는 것이다.

1998년 6월에 열린 파티에서는 한 남자가 자신의 사업과 아이들 이야기를 들려주었다. 그는 요즘 많은 스트레스를 받고 있다고 말했다. 아버지가 병이 나셨기 때문이다.

그가 말했다.

"파티가 끝나면 곧바로 아버지를 뵈러 병원으로 달려갈 겁니다."

그는 아버지에 대한 모든 것을 말하기 시작했다. 자신이 겪고 있는 고통과 번민에 대해서도 이야기했다. 나는 그를 위해 다음의 글을 썼다.

: 최선의 결과

우리의 일들은 이리저리 돌아가지만 결국은 최선의 결과에
이른다. 회사가 로버트가 근무하는 지점의 문을 닫기로
결정했을 때, 그와 동료들이 힘을 합해 자기 회사를
차리기로 결심한 것처럼.

그 뒤로 로버트의 수입은 50퍼센트나 늘었다.

지금 로버트의 아버지는 중병을 앓고 있다. 사실 아버지는 인공호흡기에 의지하고 있으며, 신장도 제 기능을 못하고 있다. 큰 고통을 겪고 있는 것이다. 로버트는 직장에서 곧바로 병원으로 향한다. 하지만 그의 아버지는 아들이 온 것을 간신히 알아볼 뿐이다.

나이를 먹어가는 것, 다시 말해 늙고 병들고 죽어가는 것이 최선의 결과일 수 있을까? 하지만 사람들이 늙지 않고 죽지 않는다면, 어떻게 새로운 세대가 뒤따라올 수 있겠는가? 그것은 각 세대가 자신의 자리를 다음 세대에게 물려주는 거대한 과정이다.

로버트는 자신이 지금과 같이 좋은 인간이 된 것은 모두 아버지 덕분이라는 것을 알고 있다. 아버지는 그 일을 쉽게 하신 것이 아니었다. 로버트의 형제들이 어렸을 때, 어머니는 병들어 누워 계셨다. 아버지는 아내와 자기 자신과 자식들을 혼자서 돌봐야만 했다. 로버트는 아버지에게서 가족의 중요성을 배웠다. 로버트가 집으로 들어서면 아이들이 "아빠, 아빠!" 하고 소리치며 뛰어오르는 것도 그 때문이다. 그것에서 그는 삶의 모든 가치를 발견한다.

따라서 한 아버지가 문으로 들어오고 또 한 아버지가 문으로 나간다면, 하느님이 계획한 최선의 결과라고 말해야 하지 않을까?
비록 그 일이 일어나고 있는 지금으로선 그렇게 느껴지지 않는다 해도.

사랑하는 사람을 잃은 사람에게 해줄 수 있는 말을 찾기는 정말 어렵다. 내 타자기는 종종 말로 하는 것보다 더 훌륭한 위로의 말을 생각해 내곤 했다. 1996년 한 파티에서 만난 앤이라는 여자에게도.

: 허무

앤은 매우 낙천적인 아가씨였다. 그런데 그녀가 스물일곱 살 되던 해, 남동생이 비행기 추락 사고로 죽었다. 그 일로 앤은 깊은 허무감에 빠졌다. 그녀는 모든 일에 대해 체념하듯 말했다.
"이 세상에는 의지할 수 있는 것이 아무것도 없어."
한밤중이면 죽음이 딱정벌레처럼 그녀의 생명의 덩굴로 기어 올라왔다. 그리고 그녀의 믿음이라는 부드럽고 푸른 새싹을 갉아먹었다.
모든 것이 공허했다. 사랑하는 사람을 아무 경고도 없이 갑자기 잃어버리는데, 모든 것이 무슨 소용이란 말인가?
앤은 발을 질질 끌면서 걸었고, 그녀의 하늘에는 언제나 달만 떠 있었다. 소풍을 가서도, 즐거운 파티를 하면서도, 생의 종말에 대한 생각이 그녀의 마음을 파고들었다.
소풍을 갔을 때 본 개미들처럼.
그녀가 스스로 어두운 마음에 둘러싸여 있다고 생각하는 순간, 어머니가 돌아가셨다. 그 다음에는 아버지가 세상을 떠났다.
도대체 그 일에는 끝이 없는 것일까?
그렇다. 그 일에는 끝이 없다. 그러나 정확히 말하면 모든 것에는 언제나 끝이 있다. 우리들 모두는 그곳을 향해 가고 있다.
그렇다면 앤은 묻고 싶었다. 도대체 누가 이렇게 기분 나쁜 계획을 세운 것일까?
그때 앤은 한 가지 지혜를 얻었다. 이해하려고 하지 말고 받아들이라. 그녀는 삶과 관련된 모든 사실에 대해 손뼉을 치며 반길 생각도 없었지만, 더 이상 그것을 부정할 수도 없었다.
그때부터 그녀는 생의 덧없음을 하늘의 뜻으로 받아들였다.
그래서 그녀는 이곳에 살 동안 그 순간을 즐기고, 모든 일에 최선을 다하고, 앞서 살다간 사람들을 존경하고, 뒤에 오는 이들을 위해 조금이라도 세상을 살기 좋게 만들 것이다.
또한 밖으로 나가 모든 사람들과 어울릴 것이고, 그녀의 삶을 비추는 백미러로 인생을 되돌아보며 이렇게 말할 것이다.

"너무 멋진 드라이브였어요."

#12.

세상에서 가장 긴 소설

처음으로 60초 소설을 쓴 지 10주년이 되는 기념일이 다가오면서, 나는 지난 10년 동안 줄곧 생각해 온 또 하나의 엉뚱한 꿈을 실현하고 싶었다. 그것은 뉴욕의 고층 빌딩 꼭대기에서 하나로 이어진 종이에 글을 써서 빌딩 아래 거리로 천천히 내려가게 하는 것이었다.

당시 나는 미국 기자 작가 협회(ASJA) 집행부 부회장직을 맡고 있었다. 그 협회는 타임 스퀘어 광장 한가운데 있는 오래된 파라마운트 빌딩에 본부를 두고 있었다.

1993년 1월 처음으로 협회의 여성 전무에게 내 아이디어를 말했다. 나는 ASJA의 자선기금을 모으기 위해 '글쓰기 마라톤'을 하겠다고 말을 꺼냈다. 그리고 건물 18층의 발코니 공간에서 글을 써서, 그 글이 1미터 내려갈 때마다 사람들에게 기부금을 건는다는 내 계획을 밝혔다. 놀랍게도 그녀는 내 아이디어를 반기며 이렇게 말했다.

"못할 게 뭐 있겠어요?"

그녀는 빌딩 관리자들을 찾아가 의견을 묻기까지 했다. 그들도 좋은 생각이라고 말했다. 용기를 얻은 나는 이 엉뚱한 일을 꼭 실천에 옮겨야겠다는 기분이 들기 시작했다.

이번에는 ASJA 집행위원회에 가서 의견을 물어보았는데, 그들 역시 멋진 아이디어라고 말했다. 엉뚱한 장난이라고 생각하는 사람은 아무도 없었다.

내가 첫 번째로 할 일은 비디오 기술자를 찾는 일이었다. 왜냐하면 양쪽을 모두 비춰 주는 비디오 시스템을 통해 건물 아래의 거리에 있는 사람들과 대화를 나눠야 했기 때문이다. 시낭송 카페에서 일하는 친구가 비디오를 잘 다루는 친구를 소개시켜 주었고, 그 친구는 또 다른 기술자를 소개했다. 결국 그 사람이 뉴욕 대학 비디오 학과의 리차드 레타를 알려주어 그에게 연락을 할 수 있었다. 리차드는 여자 친구 도냐 뷰리스를 데려왔다. 나는 두 사람이 완벽한 한 팀이라는 것을 금방 알 수 있었다. 그들은 비디오 촬영에 푹 빠진 최고의 전문가들이었다.

다음으로 나는 뛰어난 엔지니어를 찾아야만 했다. 빌딩 관리자들이 세 가지 조건을 제시했기 때문이다. 그들은 먼저 내가 모든 관련 기관으로부터 그 일에 대한 허락을 받기를 원했다. 또한 면허를 가진 엔지니어를 구해 그 일을 진행하기를 원했다. 마지막으로 그들은 내가 보험에 들 것을 요구했다.

나는 거스 파텔이라는 이름의 엔지니어를 찾아냈다. 그는 단돈 5백 달러로 모든 일을 할 수 있다고 장담했다. 거스가 전체적인 계획을 마련하는 동안 나는 그 지역 경찰서로부터 허락을 받았고, 또 ASJA의 사업보험에 추가하는 식으로 보험에도 들었다. 또한 이 일을 알릴 사람들의 목록을 작성하고, ASJA의 연간 일정에 이 행사를 포함하기로 공식 발표했다.

이렇게까지 했는데 그 일을 포기했다면 나는 아마 굉장히 난처한 입장에 처했을 것이다.

빌딩 관리자가 거스의 계획을 검토하는 순간 문제는 시작됐다. 그는 거스의 계획을 아주 탐탁지 않게 생각했다. 세부적인 사항들이 모두 빠져 있다는 것이었다. 다시 말해 여러 부분의 정확한 무게와 바람의 압력뿐 아니라 안전장치도 고려하지 않았다는 것이었다. 어떤 종류의 종이를 쓸 것인가? 종이를 보호하고, 바람에 날려 거리로 떨어지는 것을 막기 위해 어떤 밧줄을 쓸 것인가? 종이가 어떻게 밧줄에 붙어 있게 할 것인가?

결국 거스는 처음부터 다시 시작해야 했다. 며칠 뒤 그에게서 전화가 왔다. 종이가 제자리에 있도록 잡아 줄 쇠밧줄은 유능한 전문가가 설치해야 한다고 시 당국이 요구한다는 것이었다. 그래서 거스는 한 유능한 설치 전문가의 견적서를 받았는데, 그는 2천 달러를 요구했다. 순간 나는 열이 오르지 않을 수 없었다. 벌써 거스에게 5백 달러를 썼고, 비디오 시설에 5백 달러, 재료와 선전용 팸플릿에 적어도 천 달러가 더 들어갈 것이기 때문이었다. 총비용이 거의 5천 달러에 이르고 있었다.

나는 다른 설치 전문가에게 전화를 한 끝에, 마침내 아우어라는 사람과 연결이 되었다. 그 사람은 천 8백 달러를 설치비로 제시했다. 받아들이지 않을 수 없었다.

다음으로 나는 어떤 종류의 종이를 쓸 것인지 조사하기 시작했다. 내가 처음 생각한 것은 긴 두루마리로 된 컴퓨터 출력용 용지였다. 현수막 회사에 전화를 걸어 문의하자, 그들은 컴퓨터 종이가 바람에 날려 순식간에 갈기갈기 찢어질 것이라고 말했다.

앞으로 남은 시간은 2주였다.

바로 그때 동생 마이크가 타이벡이라는 용지에 대해 알려주었다. 타이벡은 듀퐁사가 만든 종이로, 쉽게 찢어지지 않으며, 종이가 찢어지지 않는 봉투에 똑같이 사용된다는 것이었다. 듀퐁사에 전화를 걸어 타이벡을 이 용도에 쓸 수 있는지 묻자, 그들은 그 종이의 전문가를 바꿔 주었다. 그는 그 종이라면 괜찮을 거라고 말하고, 타이벡 용지에 대한 정보를 팩스로 보내 주었다. 하지만 타이벡에 관해서는 그 사람보다 듀퐁사의 또 다른 직원인 릭 겔로웨이가 더욱 뛰어난 전문가라는 것을 알게 되었다.

릭 겔로웨이에게 전화를 걸고 또 걸었지만 그는 하루종일 사무실에 없었다. 끝내 그에게 연락이 안 될 것 같아 걱정이 앞섰다. 하지만 어떻게 해서든 그의 자문을 받아야만 했다. 이벤트가 8일 앞으로 다가온 목요일 저녁, 나는 ASJA 사무실에 앉아 있었다. 생각 끝에 그의 집을 찾아내어 그곳으로 전화를 하기로 마음먹었다. 그의 사무실에 있는 사람이 릭이 '아래쪽 남쪽'에 산다고 일러 주었다. 종이 공장이 델라웨어에 있으므로, 버지니아에서부터 그의 집 전화번호를 뒤지기 시작했다.

북 버지니아에는 그의 이름이 나와 있지 않았다. 그래서 남 버지니아로 전화를 해보았다. 드디어 찾았다! 그는 그곳에 살고 있었다. 전화를 받은 사람은 그의 아내였는데, 그녀는 남편이 룩셈부르크에 갔지만 그날 밤 집에 올 것이라고 말했다. 나는 그녀에게 메모를 전해 달라고 부탁하면서, 아주 급한 일이라고 말했다.

그의 영혼에 축복이 내리기를! 다음날 아침 6시 45분 릭 겔로웨이가 나에게 전화를 했다. 그는 장치를 고정시키는 방법과 내게 필요한 모든 것을 정확히 알려 주었다. 종이가 바람에 찢어지지 않도록 종이 가장자리에 '종이 테두리'라는 것을 붙여야 한다고 그는 지적했다. 그리고 고리를 이용해 종이와 밧줄을 연결해야 하는데, 고리를 거는 종이의 구멍에는 '가장자리 보호 테이프'를 붙여야 한다는 것이었다.

나는 빌딩 엔지니어에게 전화를 걸어 일이 어떻게 진행되고 있는지 알려 주었다. 그런데 그는 시간에 맞춰 모든 준비를 끝마치기 어려울 것 같다고 말하는 것이었다. 그는 행사 날짜를 미루라고 나에게 충고했다. 하지만 나는 포기하지 않고 문제를 해결하기 위해 그 일에 관련된 모든 사람들을 격려했다. 내 꿈이 실현될 수 없을 거라고 말하는 사람들의 입을 막아 놓을 작정이었다.

다시금 종이와 밧줄을 잇는 고리를 구하는 일로 돌아왔다. 나는 머릿속으로 어떤 등산 장비를 생각하고 있었는데, 그것은 등산가들이 로프와 자신을 연결할 때 쓰는 고리였다. 차를 몰고 한 시간을 달린 끝에 꽤 큰 등산용품 가게에 도착했다. 하지만 알고 보니 그 고리는 한 개의 가격이 5달러나 되었다. 나한테 필요한 양은 100개가 넘었다. 그때 배와 관련된 물건을 파는 가게에 이런 도구가 있을 것 같은 생각이 들었다. 다시 차를 몰고 허드슨 강변의 한 가게로 향했다. 그런데 실제로 보니 그곳의 고리는 너무 무겁고 가격도 비쌌다.

그때 아주 단순한 물건이 퍼뜩 머리를 스쳤다. 열쇠 고리였다! 목요일, 빌딩 엔지니어를 만나러 가는 길에 열쇠 가게에 들렀다가, 지름 5센티미터의 완벽한 열쇠고리를 발견할 수 있었다. 나는 그 자리에서 열 개를 구입한 뒤, 100개를 더 주문했다.

행사 하루 전인 목요일, 신문에는 이미 기사가 나갔고, 보험 계약서도 받았다. 모든 준비가 끝난 것이다.

한밤중에 잠자리에 들었지만, 너무 긴장하고 흥분한 탓인지 잠을 이룰 수 없었다. 새벽 4시 30분까지 잠을 못 자고 뒤척이다가, 행사 준비를 위해 아침 6시에 일어났다. 18시간의 글쓰기 마라톤이 시작된 것이다. 나는 이 이벤트를 〈세상에서 가장 긴 이야기-18층에서 쓴 소설〉이라고 이름 붙였다.

5일 동안 계속 비가 내리더니, 우리가 빌딩 꼭대기에 도착하는 순간 캘빈 클라인 속옷 광고판 위로 찬란하게 태양이 솟아올랐다. 하늘도 구름 한 점 없이 맑았다. 오랜 친구 브라이언 던리비가 나와 함께 하루 종일 빌딩 꼭대기에 있으면서 종이를 열쇠고리에 걸고, 다시 열쇠고리를 쇠밧줄에 거는 일을 맡아 주었다.

곧 뉴스 방송국 사람들이 들이닥쳐, 나와 인터뷰를 하려고 진을 치기 시작했다. CNN, WABC, WCBS, WNBC, 연합 통신, 데일리 뉴스, 뉴욕 포스트 등에서 온 사람들이었다. 심지어 뉴욕 방송은 CBS 방송국과 손을 잡고 저녁 6시 뉴스가 나갈 동안 빌딩 꼭대기에서 생중계를 했다.

하지만 그것보다 더 중요한 일은 수천 명의 뉴욕 시민들이 한 엉뚱한 작가와 직접 만났다는 사실이다. 그들은 독자와 작가가 서로 영향을 주고받는 문학이라는 엉뚱한 이상을 실현하기 위해 모인 것이다.

글을 쓰기 시작하면서 두 가지 사소한 문제가 생겨 건물 아래 거리에 있는 행인들과 많은 이야기를 나눌 수 없었다. 비디오 연결이 순조롭게 작동되지 않았고, 오디오도 마찬가지였다. 하지만 나는 포기하지 않고 한 시간에 한 가지씩 계속 소설을 써내려갔다. 그리하여 한밤중이 되었을 때는 마침내 18층 건물 아래까지 종이가 이어졌다.

결국 나는 해냈다. 몸은 피곤했지만, 정신은 활기가 넘쳤다. 이제부터 소개하는 글은 당시 두루마리 종이에 써내려간 이야기 중 일부를 옮겨 적은 것이다. 원래의 타이벡 두루마리는 아직도 내 사무실 책장에 기다랗게 걸려 있다.

: 오전 7시, 두 번째 이야기- 보살피고 양식을 주다

오늘 하루가 단지 또 한 번의 뜨거운 샤워와 아침 식사,
면도와 커피보다 더 많은 것을 가져다주기를 기대하면서
나는 아침 7시를 맞는다.
나는 면도를 해야 한다. 따뜻한 물로 샤워도 해야 한다.
하느님도 아시겠지만, 나는 한 잔의 커피가 필요하다.

그리고 아침도 먹어야 한다. 그렇다. 나는 적어도 10시간 정도는 자야만 한다. 하지만 이 모든 것들보다 나는 더 많은 것을 필요로 한다.

때로 우리에게 단순히 잠자는 것보다 더 중요한 일이 있기 때문이다.

오늘 나는 빌딩 꼭대기에서 소설을 쓰고 있다.

그것은 인간의 영혼을 보살피고, 인간의 정신에 양식을 주기 위한 일이다.

작가의 영혼과 다른 모든 사람들의 영혼도.

우리 모두는 약간 어리석게 살 필요가 있다.

우리 모두는 약간 미칠 필요가 있다.

약간 미치는 것이 우리의 정신을 훨씬 건강하게 해주기 때문이다.

안녕하세요! 잘 지내셨습니까? 내 말이 들리면 대답해 주세요.

"안 들려요!"

그들은 말한다. 하지만 그들은 텔레비전 화면으로 내가 쓰고 있는 글을 볼 수 있다. 그들은 내 손가락이 말하는 것을 들을 수 있다.

안녕, 나의 아내 엘리스.

그런데 엘리스, 이 일에 대해 어떻게 생각하지?

엘리스는 말한다.

"카르페디엠!"

그것은 영화 「죽은 시인의 사회」에 나오는 '이 순간을 붙잡으라'는 뜻이다. 사랑스러운 엘리스가 말한다.

"정말 멋진 일이라고 생각해요."

바로 이런 모습 때문에 나는 그녀와 결혼했다. 내 영혼을 보살피고, 양식을 주기 위해.

⋮ 아침 9시, 네 번째 이야기- 어떤 메시지

산토스는 한 사람의 메신저이다.

오늘 나와 이야기를 나눈 모든 사람들이 각자 한 사람의 메신저라고 나는 느낀다.

산토스, 당신이 메신저라면 당신이 전하고자 하는 메시지는 무엇인가요?

당신의 메시지는 무엇이냐구요?

나는 내가 쓴 질문을 읽어 보라고 건물 아래 있는 산토스에게 부탁하고 있다.

내 등 뒤의 비디오카메라는 내가 쓰는 글에 초점이 맞추어져 있다.

적어도 누군가는 내가 쓰는 글에 주목하고 있다.

그리고 아래 거리에 있는 커다란 텔레비전 화면이 비디오

카메라가 찍은 것을 방송하고 있으며, 내가 글을 쓰면 바로 그 글을 보여 준다. 하지만 산토스는 내가 쓴 질문에 아직도 대답을 하지 않고 있다.

그는 말한다.

"나는 글을 그다지 잘 읽지 못해요."

내가 묻는다.

"스페인어는 읽을 줄 아나요?"

그가 다시 말한다.

"그것도 잘 읽지 못해요."

"그러면 기본적으로 글을 읽지 못하나요?"

"나는 문맹이거든요."

나는 이것을 먼저 생각해야 할지도 모른다. 문맹인을 위한 문학.

하지만 산토스는 글을 읽고 싶어 한다. 그는 글을 가르쳐 줄 파 로커웨이에 있는 어떤 교육 프로그램에 참여할 것이다. 그러면 이제 우리는 그에게 큰소리로 물을 것이다.

"산토스, 메신저인 당신이 갖고 있는 메시지는 뭐죠?"

산토스는 대답한다.

"내 메시지는 신께서 내가 글을 배우는 것을 도와준다는 겁니다."

그렇다. 신은 반드시 도와주실 것이다. 산토스가 배우기만 한다면.

: 오후 2시, 아홉 번째 이야기- 거대한 힘을 느끼다

일주일 내내 비가 오고, 구름이 끼고, 추운 날이었는데, 어떻게 나는 이번 주에서 가장 화창한 하루를 선택할 수 있었을까?
안드레아는 그것이 단순히 행운이라고 생각한다. 그녀는 내가 단지 운이 좋아 이런 날을 선택했다고 생각한다.
하지만 운은 이 일과는 아무 상관이 없다.
지금 나는 영적인 문제에 대해 글을 쓰고 있기 때문에, 내가 여러 해 동안 60초 소설을 쓰라는 계시를 받았음을 고백하지 않을 수 없다.
지난 일요일, 행사를 치를 일이 너무 겁나고 걱정이 된 나머지 나는 교회에 가서 하느님께 기도했다. 기도를 할 때면 나는 가끔 하느님이 나에게 이야기를 하고, 무언가를 보여 주는 강렬한 상상을 한다. 아니면 하느님이 내가 그런 상상을 하도록 만드는 것일까? 그것은 일종의 환상이나 꿈같은 것이다. 이번 일요일 기도를 하면서 나는 물었다.
"이것은 터무니없는 짓일까요? 나는 미친 것일까요? 지금 나는 쓸데없는 일에 돈과 시간을 낭비하고 있는 것일까요?"
당신은 내가 하느님으로부터 어떤 대답을 들었는지 아는가? 하느님은 웃으셨다. 나는 하느님이 무릎을 치며

크게 웃는 소리를 들었다. 그리고 그분은 나를 껴안으며 말했다. 내가 지금 하고 있는 일은 훌륭한 일이며 더 많은 사람이 나처럼 기발하고 미친 일에 몰두하기를 바란다고. 그분은 내가 행동에 옮기려는 일을 기쁘게 생각하셨다. 마치 아버지가 나를 안아주는 듯한 느낌이 들었다. 지금은 살아 계시지 않는 아버지가. 따라서 오늘 햇살이 따뜻하고 화창한 날이 된 것은 단순히 운이 아니라는 것을 알 수 있다.
그것은 오로지 하늘이 행복한 마음으로 나에게 햇볕을 내려 보냈기 때문이다.

: 오후 4시, 열한 번째 이야기- 누가 이해할 것인가

제프리는 오페라 가수다. 그는 공부하는 학생이자 메트로폴리탄오페라하우스와, 시오페라단과 유럽 등에서 노래를 부르는 가수다. 이번 주에 그는 시험을 끝마쳤지만, 그의 일은 아직 끝나지 않았다. 지금 한 주의 일을 끝내는 사람들이 있다. 하지만 그는 아니다. 그는 쉬지 않고 일한다. 쉬지 않고 배운다. 마지막 숨이 남아 있을 때까지 그는 계속 그렇게 할 것이다.
그는 우리를 많이 놀라게 하는 남자다. 흑인 오페라 가수는

흔하지 않다. 그는 사람들이 자신을 보면 당연히 놀랄 것이라고 생각하게 되었다. 그리고 사람들의 그런 모습에 약간은 질렸다. 왜 그들은 놀라야 하는 것일까? 흑인은 오페라에서 노래를 부를 수 없단 말인가?

흑인들이 백인들보다 더 깊고 울림이 있는 목소리를 갖고 있기 때문에, 그들이 오페라에서 노래하는 것이 하나도 이상하지 않다고 나는 그에게 말했다. 그러자 그는 말했다.

"그것은 수박과 프라이드치킨처럼 하나도 어울리지 않는 일이에요."

나는 유타 주 모뉴먼트 벨리에서도 그것과 비슷한 대답을 들은 기억이 있다. 당시 나는 아내와 함께 미국을 여행하고 있었는데, 유타 주에서 아메리카 원주민들을 만났다.

그들은 25달러를 받고 사람들에게 말을 태워 주고 있었다.

우리는 인디언 원주민들과 함께 말을 타면서, 그들의 생활에 대해 몇 가지 궁금한 것을 물어보았다. 그런데 그들은 아주 빈정대는 반응을 보이는 것이었다.

음식에 대해 얘기하기를 좋아하는 아내가 그들에게 어떤 음식을 좋아하느냐고 묻자, 그들은 대답했다.

"우리는 냉커피를 마시고 깡통에 든 콩을 먹습니다."

내가 인디언 보호 구역의 주인이 누구냐고 물었을 때, 그들은 이렇게 대답했다.

"우리 모두가 주인이오. 우리는 여기서 하고 싶은 것은 뭐든지 할 수 있소. 산꼭대기에 카지노를 만들고 싶다면, 그렇게 할 수도 있소. 그러면 모든 관광객들이 산꼭대기로 올라갔다가 밑으로 굴러 떨어지겠지요."

나는 불쾌한 기분이 들었다. 그들은 호기심에서 비롯된 우리의 질문을 무례하고 무지한 것으로 받아들인 것이다. 그들은 백인들의 선입견에 넌더리가 난 듯했다. 자신들을 하나의 구경거리로 여기는 사람들의 편견에 질려 버린 것이다.

그들은 또한 자신들이 인디언 천막과 인디언 옷으로만 세상에 비쳐지는 것에도 신물이 났다.

그리고 지금 흑인 오페라 가수 제프리는 자신에게 쏟아지는 선입견과 편견에 대해 인디언들과 똑같은 분노를 느끼는 듯하다. 그는 자신이 갖고 있는 모습 그대로 받아들여지기를 바란다. 그는 자신이 어떤 사람인지 스스로 정의하기를 바라지, 다른 사람이 자신을 정의하기를 원치 않는다.

60초 소설가로서 나도 똑같은 일들을 경험한다. 사람들은 내가 타자기를 갖고 도대체 무엇을 하는지 늘 궁금해 한다. 그들은 묻는다.

"당신은 왜 이런 일을 하는 거죠? 당신은 작가가 아닌가요? 언젠가 '진짜' 글을 쓰고 싶지 않나요?"

이것이 내게는 진짜 글쓰기이며 내가 할 수 있는 최선의 문학이라는 것을 그들은 이해할 수 없다. 나는 『뉴욕 타임스』, 『굿 하우스키핑』, 『피플』, 뉴욕시, TV 가이드 등에 기사를 쓴 적이 있다. 하지만 내가 지금까지 한 일 중에서 가장 좋은 일은 거리에서 평범한 사람들을 위해 한번에 한 사람씩 이런 글을 쓰는 것이다.

그러니 제프리, 오해를 받는 것은 아마도 모든 인간의 운명인 듯하다.

단지 흑인만이 아니라,

단지 아메리카 원주민만이 아니라,

단지 60초 소설가만이 아니라.

세상의 낡은 규칙을 깨고, 자신의 삶을 분명히 정의하고, 자신의 영혼을 발견하고, 자신의 길을 따라가려고 하는 사람은 누구든 오해를 받게 마련이다.

그 일이 쉬울 것이라고 말한 이는 지금까지 아무도 없었다. 모든 사람이 우리의 노력을 참고 지켜보며 박수를 보낼 것이라고 말한 이는 지금까지 아무도 없었다. 사람들이 우리를 이해할 것이라고 말한 이도 없었다.

하지만 왜 그들이 우리를 이해해야만 하는가?

결국 우리는 다른 누구가 아니라 우리 자신을 위해 그 일을 하고 있는 게 아닌가?

따라서 우리 같은 사람들은 언젠가 정말 지혜로운 여자가 나에게 해준 다음과 같은 충고를 기억해야 한다.

사람들의 이해심이 부족한 것을 깊이 이해하라고.

: 오후 5시, 열두 번째 이야기- 밀카의 세계

밀카는 브롱크스에 산다. 밀카는 브롱크스의 모든 나쁜 영향들로부터 벗어나기를 원한다. 그녀는 마약 중독자들로부터 벗어나고 싶어 한다. 그녀는 착하고, 깨끗하고, 건강한 사람들을 만나기를 원한다. 그녀는 자신과 같은 생각을 가진 사람들을 발견하기를 원한다. 브롱크스에서는 함께 어울릴 만한 사람을 찾아볼 수가 없다고 그녀는 말한다.
단 한 명도.
그것이 밀카가 살고 있는 세계이다.
그래서 서너 주 뒤면 그녀는 새로운 생활을 기대할 수 있고, 함께 어울릴 만한 사람들이 있는 더 좋은 도시로 떠날 것이다. 그러면 그녀는 친구를 서너 명 정도는 사귈 수 있겠지.
밀카, 나에게 약속해 줘.
함께 어울릴 수 있는 착하고 건강한 친구를 한 명 사귀어야 해.
다시 말해 너와 똑같은 사람을.

: 오후 10시, 열일곱 번째 이야기- 파티를 열 시간

지금은 밤 10시, 이곳저곳에서 파티가 시작되고 있다. 지금 거리에서는 흑인들이 말다툼을 벌이고 있다. 그들은 흑인과 백인을 놓고, 그리고 밝은 피부와 어두운 피부의 흑인 중 누가 더 '진정한 흑인'인가를 놓고 논쟁을 벌이고 있다.
그들 중 한 명은 줄곧 사랑과 평화를 말해 오고 있었다.
하지만 지금 그는 그 거리에서 가장 큰 소리로 떠들고 있다. 그 사람처럼 평화를 사랑하는 자들만 있다면, 핵 테러리스트가 왜 필요하겠는가?
그렇다, 거친 밤 시간이 찾아오고 있는 것이다. 이제 '거친 것'들이 밖으로 나와 활개를 친다. 사람들은 술을 한잔 들이킨다. 그들은 무엇인가를 말하고, 맥주를 마시고, 감정을 폭발시키면서 분별력을 잃는다. 그리고 그 결과는 다름 아닌 폭력이다.
하지만 우리 모두는 파티를 원한다. 우리 모두는 생을 즐기기를 원한다. 그리고 당신에게 할 말은, 나는 지금 이 일을 최고로 즐기고 있다는 것이다. 이 일은 내 생애 최고의 파티였다. 순수한 기쁨이었다. 그것은 내가 지금까지 나 자신에게 해준 그 어떤 일보다 훌륭한 일이었다.
신사들이 몹시 시끄럽게 서로를 향해 고함을 지르고 있다.

그때 모든 사람들과 사이좋게 지내는 미네소타 주 출신의 헨리가 걸어온다.
그는 삶 속의 이런 구체적인 논쟁들을 보고 즐거워한다. 그에게 이것은 현실 속의 마을 공회당과 같다. 진정으로 사람들을 하나로 만들어야 한다. 그래서 공화당, 민주당, 그리고 '대담하게 파티를 여는 당'의 차이를 없애야 한다. 당신은 문에서 자신의 생각을 확인해야 한다. 당신 자신만의 의견을……. 그 대신 당신은 큰 소리로 고함치는 것을 삼가야 한다.
왜냐하면 이곳은 생각의 전쟁터가 아니니까.

#13.
미국에서 가장 큰 거리

60초 소설을 쓰기 위해 거리에서 백화점까지, 그리고 아이오와 주의 옥수수밭에서 맨해튼의 빌딩 꼭대기까지 모든 가능한 장소, 또는 불가능한 장소를 돌아다녔다는 생각이 들 무렵이었다. AOL이라는 회사가 1994년 말에 이런 발표를 했다. 서로 소통하고 교류할 수 있는 새롭고 창조적인 오락을 개발하기 위해 멋진 아이디어 제공자를 찾는다는 것이었다.

'이것 봐, 나는 '소통'이 핫해지기 전부터 이미 그걸 하고 있었다고.'

내가 몇몇 작가 친구들에게 그 일을 하겠다고 말하자, 한 친구가 말했다.

"절대로 잘 안 될 거야. 인터넷을 통해 그런 걸 하려는 사람이 누가 있겠어?"

1995년 9월, 마침내 AOL에 〈60초 소설가〉 사이트가 개설되자, 분별력 있는 그 누구의 예측보다 훨씬 좋은 반응이 나타났다. 이 사이트는 『와이어드』, 『USA 투데이』, 『뉴욕 타임스』, MSNBC 등으로부터 찬사를 받았고, '사이버 스페이스 24시간'에서 특종으로 다룬 아메리카 온라인의 세 개 사이트 중 하나가 되었다. 수동식 타자기와 같은 원시적 기술을 갖고 있던 인간이 갑자기 사이버 스타가 된 것이다.

1996년 10월, 나는 새로운 사이트를 개설했다. 〈경이로운 즉흥 소설가〉라는 제목의 이 사이트는 오늘날까지 계속되고 있다. 나는 단지 나 자신을 표현하기 위한 수단으로 이 사이트를 만든 것이 아니다. 오히려 사람들이 짧은 이야기, 시, 의견, 유머, 추억 등으로 스스로를 표현할 수 있도록 용기를 주기 위해 이 사이트를 만든 것이다.

거리에서 글을 쓰면서 내가 즉석에서 이루어지는 표현 수단을 발견했듯이, 수십만의 사람들 또한 키워드 '소설'(novel)을 치면 아메리카 온라인을 통해 곧바로 자신들의 글을 '출판'할 수 있다는 사실을 알게 되었다. 물론 인터넷 www.instantnovelist.com으로 들어와도 된다. 이 사이트에 시와 소설을 올리면 수백만이 넘는 사람들이 클릭 한 번으로 그것을 읽을 수 있다.

하지만 이 사이트의 꽃은 역시 나의 60초 소설이었다. 그것은 내 채팅방으로 들어오는 사람 누구에게나 온라인을 통해 60초 소설을 써주는 것이었다. 이 일을 시작하면서 내 질문을 받은 상대방이 키보드를 두드려 답하는 글만 읽고도 그들의 성격을 대충 파악할 수 있다는 사실에 나는 놀랐다. 온라인 대화는 말 그대로 그 사람의 진정한 모습을 이해하기 위해 행간을 읽어내야 하는 일이었다.

일의 진행 방식은 간단하다. 나는 집에 있는 컴퓨터 앞에 앉아 한 독자와 통신으로 대화를 한다. 대화가 진행되면 미국 전역에 있는 천 명 남짓한 관객들이 자신의 컴퓨터 화면을 통해 우리의 대화를 읽는다. 내가 한 줄을 쓰고 키보드의 엔터를 누르면, 순식간에 그 글은 채팅방에 들어와 있는 모든 사람의 컴퓨터 화면에 나타난다. 내가 다음 줄을 쓰고 엔터를 누르면, 그 줄은 앞 줄 바로 밑에 나타난다. 나는 한 번에 한 사람만 선택해 대화를 하며, 그의 이야기를 듣고 나서 그에게 곧바로 60초 소설을 써준다. 모든 사람들은 바로 눈앞에서 이 모든 것을 지켜볼 수가 있다. 작가가 꿈꾸는 즉석 출판의 환상이 실현된 것이다.

지금부터 소개하는 글은 그동안 인터넷을 통해 쓴 작품들 중에서 내가 가장 좋아하는 60초 소설 몇 편과 그 글을 쓰게 된 대화 내용이다. 전자 우편의 주소와 이름은 사생활 보호를 위해 모두 바꾸었다.

아래의 글은 1996년 12월 내가 나중에 '안 영리한'이라고 부른 여자와 컴퓨터로 나눈 대화이고, 또한 그것을 바탕으로 그녀에게 써준 소설이다.

댄 헐리- 자, 다음은 누구죠?

안 영리한- 나는 여러 해 동안 나를 학대하는 끔찍한 남자들과 사귀었어요. 그들은 밤마다 나를 폭행하고 비인간적인 행패를 부렸어요. 그러다가 마침내 내가 꿈꾸던 남자를 찾았는데, 이제 어떻게 해야 할지 모르겠어요. 그와의 관계가 얼마나 갈지도 모르겠어요.

댄 헐리- 그런데 당신은 그를 버리고 싶은 거죠?

안 영리한- 그런 생각이 들어요! 정말 미친 생각이 아닌가요?

댄 헐리- 영리한, 당신은 왜 그렇게 무시무시한 남자들을 사귀었죠?

안 영리한- 나는 계속 똑같은 남자를 선택했어요. 물론 얼굴은 다르게 생겼지만요. 그들 대부분이 알코올 중독자이거나 걸핏하면 주먹을 휘두르는 사람들이었어요.

댄 헐리- 흠. 그런데 당신은 어떻게 그런 멋진 행운의 남자를 발견했나요?

안 영리한- 1년쯤 전에 이런 컴퓨터 통신으로 그 남자를 처음 알게 됐어요. 우린 지금 함께 살고 있는데, 그는 아주 괜찮은 사람이에요.

댄 헐리- 재밌군요. 컴퓨터 연애라니.

안 영리한- AOL에 접속한 첫날 밤에 그를 만났어요. 하지만 그를 믿기가 어려워요. 내 자신이 너무 자주 얻어맞은 강아지처럼 느껴져요. 그 사람이 나를 쓰다듬으려고 손을 들기만 해도 몸을 움츠리거든요.

댄 헐리- 그래서 당신은 긴장을 풀고 삶을 즐기는 법을 배우고 있나요? 아니면 당신이 그를 버리고 도망갈 위험이 정말 있는 것 같나요?

안 영리한- 그의 곁에 머물러 있으려고 열심히 노력하고

있는 중이에요. 그런데 우리의 관계가 날이 갈수록
지루해져 가는 느낌이 들어요. 왜냐하면 그는 밤에는 집에
꼭 들어오고, 술 같은 것에는 손도 대지 않거든요. 그밖에도
몇 가지가 있어요. 좀 질리지 않나요?

댄 헐리- 영리한, 그것은 질리는 일이 아니라 단지
당신에게 찾아온 새로운 현실일 뿐이에요. 나는 당신 같은
입장에 있는 여자들로부터 그런 이야기를 많이 들었어요.
이제 당신의 이야기를 소설로 쓰겠습니다.

안영리한- 제발 해피엔딩이 되게 해주세요.

댄 헐리- 최선을 다해 보죠. 당신 이야기의 제목은……

: 동화가 끝난 뒤의 신데렐라

여러분 모두는 신데렐라 이야기를 알고 있을 것이다.
사악한 계모 밑에서 고생하던 그녀는 마침내 왕자를
발견하고 행복한 공주로 평생을 살았다.
하지만 동화가 끝난 뒤 신데렐라는 점점 불안한 성격이
되었다. 과거의 일들이 기억난 것이다. 무릎을 꿇고 벌 받던
일 같은……. 그녀는 계모가 자신을 얼마나 학대했는지

기억했다. 때로 그녀는 계모가 퍼붓는 잔인한 말에 은밀한 쾌감을 느끼기도 했었다.

지금 그녀는 품위 있고 용감한 왕자 곁에 앉아 있다.

매일 밤 왕자는 그녀에게 새로운 장미꽃다발을 가져다주었다.

마침내 어느 날 밤 그녀는 냉정하게 말했다.

"장미는 이것으로 충분해요!"

착한 왕자가 물었다.

"사랑하는 그대여, 무엇이 그대를 고통스럽게 하나요?"

그녀가 대답했다.

"중세의 감상적인 말투는 제발 집어치워요! 나가서 디스코나 추자구요!"

"하지만 사랑하는 그대여, 나는 그대에게 바칠 성을 짓고 있는데……."

신데렐라는 얼간이 난쟁이와 함께 왕자 곁을 떠나 도망쳤다. 그런데 난쟁이는 그녀를 때리면서 하루 종일 일만 시키는 것이었다.

어느 날 밤 그녀는 자신이 얼마나 잘못된 행동을 했는지 깨달았다. '당신의 모든 꿈이 실현되고, 마침내 동화가 사실이 될 때, 가끔은 끔찍하게 지루해지기도 한다는 것'을 그녀는 깨달았다.

그래서 그녀는 왕자에게로 돌아갔고, 왕자는 돌아온 그녀를 두 팔 벌려 환영했다.

1998년 10월 14일, 인터넷 대화를 하면서 나는 예외적으로 두 사람에게 한 편의 이야기를 써주기로 결정했다. 다음 글이 그때의 상황을 말해주고 있다.

댄 헐리- 자, 다음 소설의 주인공은 누구죠?

사브리나108- 당신의 도움이 필요해요. 서른세 살밖에 안 된 사위가 암으로 죽어 가고 있어요. 사위에게는 아빠를 사랑하는 어린아이들이 셋이나 있어요. 이 일 때문에 나는 마음이 몹시 괴롭고, 날마다 큰 고통에 시달리고 있어요.

피치- 한 달 전에 있었던 일이에요. 함께 살던 남자친구가 어느 날 아침 일어나더니 갑자기 "덴버로 가겠어"라고 말하는 거예요. 전에 그런 말은 전혀 비치지도 않다가 말예요. 그는 그날로 내 곁을 떠났어요.

댄 헐리- 좋습니다, 여러분. 내가 한 가지 제의를 하죠. 지금 대화에 나와 있는 피치와 사브리나 두 분에게 공통된 한 편의 소설을 써드리기로 하겠습니다.

피치- 재미있을 것 같네요.

댄 헐리- 자, 그럼 피치, 당신의 남자 친구는 왜 떠났죠?

피치- 자기 부모님과 살기 위해서죠. 좋은 직장도 얻고.

댄 헐리- 그가 떠난 것에 대해 당신은 어떤 반응을 보였나요?

피치- 고함을 치고, 비명을 지르고, 울고, 자살까지 생각했어요. 하지만 지금은 그가 떠나서 기뻐요.

댄 헐리- 오, 그래요? 그런데 당신 둘은 얼마나 가까웠나요? 또 얼마나 오래 사귀었나요?

피치- 우린 6개월 동안 함께 살았고, 그 전에도 두 달 동안 데이트를 했어요. 나는 아주 강렬하고 빠르게 사람을 사귀는 편이거든요.

크래들- 그가 입고 있는 속옷 치수를 알기에는 충분한 시간이 아니군요.

댄 헐리- 그는 자기 생각을 밝힌 뒤 얼마나 빨리 떠났죠?

피치- 30분 뒤에 떠났어요.

아마존빌- 저런!

피치- "우리 아빠가 내 물건을 가지러 트럭을 몰고 이리로 오고 있어" 하고 그가 말했어요. "무슨 물건?" 내가 물었더니 "전부 다" 하고 말하더군요. 그러고는 떠나 버렸어요.

댄 헐리- 그리고 사브리나, 왜 사위가 죽어 가고 있죠? 어떤 암인가요?

사브리나108- 사위가 걸린 암은 온몸과 혈관에 전부 퍼져 있어요.

댄 헐리- 당신 딸은 어떻게 견뎌내고 있습니까? 심하게 흔들리고 있나요? 아니면 이겨낼 방법을 찾으며 씩씩하게 살고 있나요?

사브리나108- 지금은 씩씩하긴 하지만 나중에는 흔들릴 거예요.

댄 헐리- 의사는 그가 얼마나 오래 살 수 있을 거라고 하던가요?

사브리나108- 한 달 전에 의사는 3주에서 두 달 정도 남았다고 했어요.

댄 헐리- 당신 딸은 사위와 얼마나 오랫동안 살았죠?

사브리나108- 12년이요. 사이좋은 잉꼬부부였어요. 사위는 착하고, 섬세하고, 가족을 끔찍이 생각하는 사람이에요. 나는 정말 마음이 무거워요. 손자들을 볼 때면 가슴이 미어집니다.

댄 헐리- 좋습니다, 여러분! 이제 두 분을 위해 하나의 이야기를 쓸 준비가 됐습니다. 이야기 제목은 이렇습니다.

: 아버지 손에 이끌려 집으로 가다

너무 갑작스러운 선언이었다.
나는 우리에게 많은 날과 달과 해가 남아 있을 거라고

생각했다.

우리는 함께 늙어 갈 것 같았다.

손자들을 우리 무릎에 앉히고 흔들 수 있을 것 같았다.

시간은 고속도로처럼 우리 앞에 펼쳐져 있었다.

그때 당신 아버지가 전화를 했다.

"우리 아버지가 나를 집으로 데려가기 위해 오고 있어."

당신이 말했다.

나는 당신이 가는 것을 원치 않았다.

나는 당신이 이곳에 있어야 한다고 당신 아버지에게

울면서 애원했다.

내게는 당신이 필요했다.

우리 모두가 당신을 필요로 했다.

하지만 당신 아버지는 당신을 위한 특별한 계획을 갖고

있다고 말했다.

그분은 당신이 자기 곁에 있기를 원한다.

그분은 당신이 집에 돌아오기를 바란다.

나는 여기가 당신 집이라고 생각했다.

하지만 당신의 아버지는, 당신의 질투심 많은 아버지는

처음부터 끝까지 자신의 집이 언제나 당신의 집이었다.

당신은 바로 그의 집에서 온 것이다.

그리고 이제 그의 집으로 당신은 돌아가야 한다.

그럼, 안녕. 사랑스런 연인이여.

아버지는 당신을 위해 멋진 것을 준비하고 있다.
그리고 당신이 아버지를 따라 집으로 돌아갔을 때
당신은 반드시 나를 위해서도 방을 준비해 놓아야 한다.
왜냐하면 언젠가는 나도 당신 뒤를 따라 집으로 갈 것이기
때문이다.
우리 모두가 그렇게 떠나가듯이.

다음은 1998년 10월 21일, 어린 딸의 질문에 대해 걱정하는 여자와 나눈 대화내용이며, 그것을 바탕으로 쓴 60초 소설이다.

LC8- 내 딸은 잠을 자면서 이렇게 중얼거리곤 해요.
"나한테는 아빠가 없어." 또 아이가 아빠가 죽었다고
말하는 것도 들었어요. 하지만 그건 사실이 아니에요.

댄 헐리- 딸이 몇 살이죠?

LC8- 여덟 살이요. 하지만 아이는 정말 질문할 게 많은 것
같아요. 그런데 나는 그 질문에 어떻게 대답해야 할지
모르겠어요.

댄 헐리- 왜 딸이 아빠가 없다고 생각하는 것 같은가요?

LC8- 글쎄요. 딸아이는 태어나서 열한 달이 지난 뒤로 아빠를 본 적이 없어요. 그런데 아이의 친구들 대부분은 엄마 아빠가 모두 있는 가정에서 살거든요. 딸아이는 단지 엄마만을 아는 거죠.

댄 헐리- 좋습니다. 그래서 당신 딸이 아빠가 없다고 말하는 거군요. 실제로 나타난 걸 본다면 그 말이 맞네요.

LC8- 하지만 딸에게는 자신을 무척 사랑해 주는 할아버지, 삼촌, 사촌 형제들이 있어요.

댄 헐리- 아이가 어떤 질문들을 하죠? 이를테면 "아빠는 어디 있어요?"라고 묻나요?

LC8- 그리고 왜 아빠가 나한테 연락을 안 하냐고 물어요.

댄 헐리- 아이가 그렇게 질문하는 것은 당연합니다. 당신은 딸에게 어떻게 이야기합니까?

LC8- 아빠가 너를 사랑하지만 어쩌지 못하는 상황 때문에 너를 만날 수가 없다고 말해요.

댄 헐리- 아빠가 아이를 사랑한다구요? 내가 보기엔 그런 것 같지 않는데요.

LC8- 글쎄요. 그렇게 말하는 게 좋을 것 같아서 그렇게 하는 거예요. 하지만 근본적으로 그 사람은 거짓말쟁이고, 자기만 생각하는 사람이에요. 그런 사람이니 딸아이가 아기였을 때 떠나 한 번도 보러 오지 않는 거죠. 때로 나는 그 사람이 죽는 게 더 낫겠다는 생각까지 해요.

댄 헐리- 알 만합니다. 정말 잘못된 사람이군요. 그밖에 요즘 당신의 생활은 어떻습니까?

LC8- 나는 교사로 일하고 있고, 딸아이는 학교가 끝나면 놀이방에 가기 때문에 혼자 지내지는 않아요. 또 아이와 나는 모든 것을 함께 해요. 우리는 한 가족이니까요.

댄 헐리- 당신과 딸의 이름을 물어봐도 되겠습니까? 내 소설에 쓰려구요.

LC8- 내 이름은 린다고, 딸아이는 캐서린이에요.

댄 헐리- 좋습니다. 이제 린다와 캐서린 두 사람을 위한 글을 쓰겠습니다.

: 한 어린 소녀의 질문

캐서린은 여덟 살밖에 안 됐지만, 묻고 싶은 것이 많았다.

아이는 왜 아버지가 곁에 없는지 알고 싶었다.

왜 아버지가 집에 찾아오지 않는지 알고 싶었다.

모든 소녀들이 당연히 갖고 있는 것을 왜 자기만 갖고 있지 않은지 알고 싶었다.

엄마 린다는 대답을 찾아보았다.

그녀는 어디선가 반드시 대답을 찾을 수 있다고 믿었다.

그녀는 소파 밑을 보았다.

전기난로 뒤를 살펴보았다.

낡은 겨울 외투 주머니 속을 뒤져 보았다.

무릎을 꿇고 침대 밑을 들여다보았다.

하지만 어디에서도 그녀는 대답을 찾지 못했다.

그녀는 마침내 딸에게 말했다.

"내 딸아, 이 세상에는 아무리 해도 대답을 찾을 수 없는 질문들이 있단다.

하지만 엄마는 이것만은 확실히 알고 있어.

넌 엄마가 어디 있는지 결코 물어볼 필요가 없단다.

엄마가 너를 사랑하는지 결코 궁금해할 필요가 없지.

다음 식사를 먹을 수 있는지 결코 물어볼 필요가 없고,
그리고 엄마가 너를 왜 그렇게 많이 사랑하는지 결코
물어볼 필요가 없단다.
왜냐하면 너에 대한 엄마의 사랑은 결코 물어볼 필요가
없는 것이니까."

1998년 12월 2일, 자신이 십대일 때 아버지가 돌아가신 일을 아직까지도 아쉽게 생각하는 한 증조모와 이야기를 나누었다. 다음은 우리가 나눈 대화, 그리고 내가 그녀에게 써준 소설이다.

댄 헐리- 자, 다음 사람은?

마들리- 나는 일주일에 15시간은 학교를 다니고, 40시간은 일을 해요. 많은 스트레스를 받고 있고, 결혼하기를 원해요. 또 나에게는 남자 아기를 키우는 열일곱 살 난 손녀가 있는데, 내가 그 아기를 돌보고 있어요.

댄 헐리- 당신이라면 여가 시간에 피라미드도 충분히 만들 수 있겠군요? 나이가 어떻게 되십니까? 그리고 당신의 본명은?

마들리- 내 이름은 신디고, 나이는 쉰두 살이에요.

댄 헐리- 그렇다면 신디, 오십이라는 젊은 나이에 증조할머니가 되었단 말인가요? 도대체 당신은 몇 살 때 첫아이를 낳았죠?

마들리- 열일곱 살에 첫아이를 낳았어요. 서른다섯 살에 할머니가 되었구요.

댄 헐리- 당신 아이들의 아버지는 어떻게 된 겁니까?

마들리- 그는 날 버리고 다른 여자를 쫓아갔어요.

댄 헐리- 결혼한 적이 있나요, 신디?

마들리- 열일곱이 되기 한 달 전에 결혼했어요.

댄 헐리- 재혼한 적은 있나요?

마들리- 없어요. 의붓아버지에 대한 끔찍한 이야기를 너무 많이 들었기 때문에 혼자서 아이들을 키웠어요. 지금 저는 손자 일곱 명과 증손자 한 명을 두고 있습니다.

댄 헐리- 당신은 처음 결혼했던 열여섯 살 소녀의 모습에서 많이 변했나요?

마들리- 그래요, 완전히 변했어요. 지금 나는 약 조제사로 일하고 있고, 고등학교도 못 나왔지만 곧 대학에 갈 거예요.

댄 헐리- 당신은 결혼하고 싶다고 말했는데, 데이트 상대는 있어요?

마들리- 네, 있어요. 그는 정말 좋은 사람이에요. 우리는 내년에 결혼할 계획이에요.

댄 헐리- 당신은 어떤 가정환경에서 자랐나요? 행복하게 사는 건강한 가정이었나요?

마들리- 아뇨. 부모님은 전에 이미 두 번이나 결혼하신 분들이었고, 내가 열 살 때 헤어지셨어요. 두 분은 정식으로 이혼은 안 했지만, 아버지는 내가 결혼한 지 한 달 만에 돌아가셨어요.

댄 헐리- 아버지와 사이가 좋았나요? 아버지가 돌아가셔서 괴로웠나요?

마들리- 네, 그랬어요. 하나밖에 없는 딸이었기 때문에, 아버지는 한 번도 나를 야단친 적이 없었어요. 야단 치는 건 엄마의 일이었죠. 아버지가 내가 낳은 아이들을 한 명도 못보신 것이 언제나 마음에 걸려요.

댄 헐리- 좋아요, 신디. 이제 당신의 이야기를 쓸 준비가 되었습니다. 그 제목은 이렇습니다.

: 나의 모든 자식, 손자, 그리고 증손자들

신디는 너무 빨리 성장했다.
아니 갱년기가 될 때까지 조금도 성장하지 않은 것 같기도 했다.
결혼할 때 그녀는 열여섯 살밖에 안 됐고, 첫째 아이를 낳았을 때는 열일곱 살이었다. 그리고 쉰두 살이 될 무렵 그녀는 손자 일곱 명과 증손자 한 명을 두었다.
그녀는 많은 일들에 대해 자부심을 갖고 있다.
그녀는 고등학교도 졸업하지 못했지만, 오십대에 고졸 학력과 같은 졸업장을 받았고, 이제는 대학에 갈 것이다.
그녀의 삶은 결코 순탄하지 않았다. 그러나 마침내 그녀는 따뜻한 마음을 가진 좋은 남자를 발견했으며, 그들은 결혼을 하기로 결심했다.

하지만 그녀는 인생을 살면서 돌이킬 수 없는 한 가지
아쉬운 일을 여전히 마음에 품고 있다. 그것은 그녀가
십대의 나이로 결혼한 지 한 달 만에 아버지가 돌아가시는
바람에, 그녀의 자식들을 하나도 보지 못했다는 것이다.
그녀는 늘 그것이 마음에 걸렸다. 그러던 어느 날 밤
그녀는 뒷문이 쾅 닫히는 소리와 함께 곧이어 집 안으로
걸어들어 오는 익숙한 발소리를 들었다. 오랫동안 잊고
있던 아버지의 스킨로션 냄새가 나면서, 부드럽고 가벼운
바람이 그녀의 뺨을 어루만지는 것을 느낄 수 있었다.
마침내 그녀는 알았다. 그녀의 아버지가 자신의 딸과
그녀의 모든 아이들, 손자들, 그리고 증손자까지도 항상
지켜보고 또 안전하게 보호해 주었다는 것을.

1998년 11월에 쓴 글이 하나 더 있다. 그것은 어머니의 죽음과 아버지의 파산을 겪은 한 여자 아이를 위한 글이다.

댄 헐리- 자, 다음 사람은?

선키스트- 가족과 친구 중에서 무엇이 더 중요한지 알고
싶어 하는 소녀예요. 또 내가 원하는 것과 신이 원하는 것
중에서 어느 게 중요한지도 알고 싶어요.

댄 헐리- 보아 하니 십대 같은데?

선키스트- 맞아요.

댄 헐리- 좋아요, 선. 무슨 이유로 가족과 친구 사이에서 고민하게 됐나요?

선키스트- 우리 집이 파산을 했어요……. 그러니까 지난 8월일 거예요. 집하고…… 모든 것을 다 잃었어요. 아버지는 체면을 생각해 멀리 떨어진 곳으로 도망가서 사는 것이 낫겠다고 판단했어요.

댄 헐리- 이런, 선, 정말 큰일이 났었군요.

선키스트- 난 지금 그곳으로 가서 할머니하고 이번 학기를 보내든지, 아니면 여기서 나머지 가족과 있든지 선택해야 해요. 내 친구는 만일 할머니가 나를 받아 주지 않으면 자기와 같이 있자고 했어요.

댄 헐리- 왜 할머니가 받아 주지 않을 거라고 생각하죠?

선키스트- 할머니는 연세가 많이 드셨어요. 아버지는

할머니가 오래 사시지 못할 거라고 생각해요.

댄 헐리- 친구하고 살려는 것이 올바른 결정일까요? 그 친구는 부모님과 함께 살고 있나요?

선키스트- 네. 하지만 친구하고 함께 살면 우리 우정이 복잡해져요.

댄 헐리- 그 친구는 여자인가요? 그러길 바라지만.

선키스트- 네.

댄 헐리- 당신 가족은 당신이 친구네 집에서 지내는 것에 대해 금전적으로 보답할 형편이 되나요?

선키스트- 네. 아마 그렇게 할 수 있을 거예요.

댄 헐리- 당신은 이 모든 일을 어떻게 느끼고 있나요?

선키스트- 잘 헤쳐 나가려고 노력하고 있어요.

댄 헐리- 인생에는 돈 문제보다 훨씬 안 좋은 문제도

있어요. 이를테면 건강 문제, 부부 사이의 문제, 사랑하는 사람을 잃는 일 같은 것.

선키스트- 그래요, 그런 일들도 겪었어요.

댄 헐리- 정말? 어떤 문제들이었죠, 선?

선키스트- 아홉 살 때 엄마가 돌아가셨어요. 자동차 사고로. 아버지도 심장마비로 지금까지 병원에 입원해 계셔요.

댄 헐리- 선! 자, 이 방에 있는 모든 사람들, 다 함께 선을 안아 줍시다!

버간- {{{{{{ 선 }}}}}}

퍼언- {{{{{{{ 포근히 안아줌 }}}}}}}

RD91- {{{{{{{{{{{{{{{{{ 선 }}}}}}}}}}}}}}}}}

선키스트- 너무 꼭 안아서 숨 막혀 죽겠어요. 모두 고마워요!

댄 헐리- 선, 도저히 있을 수 없는 일이군요. 엄마는 불의의 사고로 돌아가시고, 아버지는 심각한 병에 걸리신 데다 파산을 당하시다니. 어떻게 이 모든 일이 한 아이에게 일어날 수 있지?

선키스트- 나도 가끔 그런 질문을 스스로에게 해봐요. 이유가 있겠죠. 하지만 그 모든 일들을 겪지 않았더라면 지금처럼 신을 믿지는 않았을 거예요.

댄 헐리- 엄마는 어떤 분이었죠, 선? 엄마에 대해 어떤 기억을 갖고 있나요?

선키스트- 재미있는 분이셨어요. 밤 근무를 마치고 집에 돌아와서도 활기를 잃지 않으셨어요. 우리는 폭포에 가서 아침을 먹곤 했어요. 술래잡기는 물론이고 안 해본 놀이가 없었죠. 엄마는 아이 같았어요. 하지만 스트레스를 너무 많이 받았어요. 우울증 같은 거요. 엄마는 다정하게도 그런 성격을 나에게 물려주셨어요.

댄 헐리- 왜 그렇게 말하죠? 다정하게 물려주었다니?

선키스트- 빈정대는 말이에요.

댄 헐리- 하지만 어머니는 실제로 무척 다정한 분이셨던 것 같은데?

선키스트- 아주 다정하셨어요. 하지만 엄마한테는 힘들었던 때가 많았어요. 엄마는 심한 스트레스를 받았고 일도 너무 많이 하셨어요.

댄 헐리- 그래서 지금은 어떻게 지내고 있죠?

선키스트- 불안정해요. 기분이 오르락내리락하죠. 다른 사람들도 그렇겠지만요. 때로는 더없이 행복하지만 정말 견디기 힘든 때도 있어요.

댄 헐리- 좋습니다, 선. 당신의 소설을 쓸 준비가 되었습니다.

: 마음씨 좋은 신이 남겨 놓은 것

서니가 태어난 날 엄마와 아빠는 신이 자신들을 축복하셨다는 것을 알았다. 그날은 평소와는 전혀 다른 날이었으며, 그날 그들은 영원히 그들을 바꿔 놓은 경험을 했다.

그들은 이 완벽한 존재, 순수한 아름다움과 기쁨을 주는 창조물을 바라보았다. 그날부터 그들은 온몸을 바쳐 그들이 줄 수 있는 모든 것을 아이에게 주었다.
하지만 때로는 주고 싶은 것을 다 주지 못할 때도 있었다.
서니의 엄마는 일하러 나가는 대신 집에서 딸 곁에 앉아 있기를 너무도 원했다. 그녀는 언제나 행복해지고 싶었고, 또 서니에게 어울리는 행복한 가정을 만들어 주고 싶었다.
때로는 그렇게 할 수 있었고 때로는 할 수 없었다. 하지만 엄마와 아빠는 마음씨 좋은 신이 그들에게 준 것을 갖고서 할 수 있는 모든 것을 다했다.
그러던 어느 날 마음씨 좋은 신이 그들에게 준 것을 다시 가져갔다. 신은 서니 엄마를 하늘나라로 데려갔다. 서니 아빠의 건강도 가져갔다.
이제껏 서니 가족의 것이었던 돈과 성공과 집도 도로 가져갔다.
하지만 마음씨 좋은 신은 한 가지만은 남겨 두었다.
서니가 태어나던 날, 너무도 순수하고 성스런 분위기 속에서 그녀의 부모가 딸에게 품었던 사랑이 있었다.
이 사랑은 서니에게 힘을 주는 지팡이이며, 기댈 언덕이다.
이 사랑은 자동차와 멋진 옷을 가진 많은 아이들이 항상 원했지만 결코 갖지 못한 것이다.
이 사랑은 서니가 태어날 때부터 누려온 것이며,

언제까지나 누릴 것이다.

그 무엇도 모든 것을 이기는 이 사랑을 그녀에게서 빼앗지 못하리라.

#14 • 마지막 1분

'60초 소설가' 사이트가 여전히 인기가 높은 것을 보면서, 그 일은 결코 성공하지 못할 거라고 의심하던 사람들이 떠오른다. 그들을 생각하면서 나는 회의주의자들, 곧 나를 비웃는 사람들이 내 일을 방해하게 해서는 안 된다는 것을 새삼 깨닫는다.

나는 한번에 한 사람에게 글을 써주는 내 꿈을 계속 펼쳐 갈 것이다. 그리고 지금 이 순간 나는 또 하나의 터무니없는 모험을 꿈꾸고 있다. 바로 전 세계를 여행하는 일이다. 아프리카와 아마존 마을에서 베트남과 베니스의 길모퉁이까지 타자기와 통역자만 데리고 내 발로 걸어 다니는 것이다. 그래서 사람들의 이야기를 듣고 그들에게 다시 이야기를 돌려주는 것이다. 어느 의미에서 그것은 60초에 세계를 돌아다니는 것과 다름없다.

만일 그들이 내가 미국에서 들었던 22,613편의 이야기와 같은 것을 가지고 있다면, 나는 그것이 무엇일지 예감할 수 있다.

60억 편의 이야기.

하나의 마음.